知更鸟系列

L'ORDINE SIMBOLICO DELLA MADRE

母亲的象征秩序

Luisa Muraro

〔意大利〕路易莎·穆拉罗 著 陈英 王子俊 译

著作权合同登记号　图字 01-2024-2383

L'ordine simbolico della madre
by Luisa Muraro
© 2021，1992 Editori Riuniti an imprint of Gruppo Editoriale Italiano srl-Roma

图书在版编目(CIP)数据

母亲的象征秩序 /（意）路易莎·穆拉罗著；陈英，王子俊译. -- 北京：人民文学出版社，2025. -- （知更鸟系列）. -- ISBN 978-7-02-019329-5

Ⅰ. I546.65

中国国家版本馆 CIP 数据核字第 202521RG67 号

责任编辑　卜艳冰　潘爱娟
封面设计　钱　珺

出版发行　人民文学出版社
社　　址　北京市朝内大街 166 号
邮政编码　100705

印　　刷　山东临沂新华印刷物流集团有限责任公司
经　　销　全国新华书店等

字　　数　120 千字
开　　本　787 毫米×1092 毫米　1/32
印　　张　6.75
版　　次　2025 年 6 月第 1 版
印　　次　2025 年 6 月第 1 次印刷

书　　号　978-7-02-019329-5
定　　价　50.00 元

如有印装质量问题,请与本社图书销售中心调换。电话:010 - 65233595

目 录

第二版前言

第一版前言

第一章　开端的困难......001

第二章　学会爱母亲，如同存在的意义......020

第三章　语言，母亲的赠礼......059

第四章　母亲的替代品......086

第五章　血肉的轮回......118

第六章　天壤之别......143

注释......169

附录

精神分析和女性主义：死去的母亲情结......192

中文-意大利文人名对照表......207

第二版前言

在出版十五年之后，一本书已经有了自己的故事，再也不属于写出它的人，但按照惯例，作者还是要在封面上留下自己的名字。这样也罢。我想补充一点，我很高兴看到《母亲的象征秩序》的新版，除了它应得的评论，这本书证明了意大利女性主义一直都很关注与母亲的关系的问题。第二版修订了1992年第一版的一些小错误，并附上一篇迟到的评论，这是这本书之前的作者——我，写于当下。

2006 年 3 月 23 日

第一版前言

这本书展示了一项个人研究，基于一个理念，围绕着母亲的象征秩序进行研究。这一理念也是我和其他女性一起构思的，我们多年来一起从事政治、哲学活动，她们是米兰女性书店，还有维罗纳大学迪奥蒂玛①哲学团体的女性。

我用十二个月写了这本书，其中有四个月用来寻找出发点。找到开端之后，我一步一步按照思路向前推进，刚开始很艰难，后来很顺利，中间几次遇到了需要突破的困难。

在写作的过程中，我受到皮耶拉·博索蒂（Piera Bosotti）的帮助和引导：没有她充满启发的解读，我会不知道该怎么向前写。在这里衷心感谢她。

本书注释部分并不能体现我的研究过程，因为它是最后才写的，按照我的习惯，注释里包含了一些参考书籍的信息、评论，也有对于文章主体的一些补充和修正。

---

① 迪奥蒂玛（Diotima）也是柏拉图《会饮篇》中一位古希腊女哲学家的名字。——除特殊说明外，正文注释均为译者注。

这本书不是写给我自己的,希望我写了一本对大家有用的书。

1991 年 3 月 10 日

第一章
开端的困难

我觉得自己有话要说,想围绕着一个主题写些东西,想要表达出来,但我一直无法开始。

如果我要去一个很远的地方旅行,比如纽约或巴勒莫,尽管这些地方非常吸引我,但在决定去之前,我还是会犹豫一阵,可一旦下定决心,那么动身和抵达都不会有问题。事实上,一旦做好决定,事情就会自然而然、顺理成章地进行。我知道自己该做什么,也能分辨哪些事情是我可以决定的,哪些要考虑,哪些是可以忽略的,也就是说在整个过程中,我可以调整自己。

但如果要写作——我在这方面的经验并不比旅行少,写作的决定并不会让我顺畅写下去,有时甚至会适得其反,搅乱我的思绪。我会左右为难,无法做出选择,我会拿不定主意,不确定自己该怎么办,很容易陷入始料不及的犹豫,不得不无数次从头开始,在不确定中前行。

这本书也不例外,经过峰回路转、一次次的游移,写作的开端成了我需要搞清楚的问题。我想展开一趟文字之旅，探索开始和到达会遇到什么困难。

关于写作，我一直有个梦想，就是写出逻辑完美的作品，我指的是使用的语言、表达的东西和我自己三者之间和谐一致。我想，在这些情况下，我的语言事业应该在它内部崛起，按照秩序进行表达，而不是别的。我想思想和语言逐渐接近贴合，我的疑惑和犹豫就会越来越少。虽然那些文字是我写的，但并不是由我决定的，那就像是听写出来的一样。我写的文字和那些发自内心的东西之间会形成强大的、显而易见的一致性，在这种一致性中，我会像宝座上的女王一样镇定自若。

我求助于哲学，哲学看起来好像能帮到我，但事实并非如此。随着时间的推移，我甚至发现，对我的头脑而言，它就是个陷阱。

这个发现来源于两个不同的时期，首先是在我学习哲学的阶段，不过也是在那个时候，我学会了出发点的重要性。

如果我必须写些东西，不是随便什么东西，而是那些头脑里涌现的、要求我写出来的东西，那我就必须按照逻辑进行写作。作品的开头须有逻辑性，必须自带逻辑。也就是说，在事实和原则层面都符合逻辑，在此之前也不用假定任何本质的东西，后面的一切都将随之而来，自然而然，没有牵强之处。找到合乎逻辑的出发点很重要，也很困难。对黑格尔来说，"开端的困难"是哲学中特有的问题[1]。在哲学里，"本原应当是开端，它是思考的前提，也是思考过程的第一位"[2]。哲学的开端应该是它的胚芽，哲学从它内部发展开来。对哲学事业的形容除了植物，就是工程，（哲学的）开端就是建筑的根基。这两者都传达出一种独自支撑的概念，这也正是我一直在寻找的。

当我回过头去看哲学家们如何用逻辑解决开端的问题。我注意到，虽然他们的方法各有不同，但所有哲学家都尽可能简化出发点。他们会排除很多东西，也就是开始研究哲学时会面对的很多问题。这些哲学家里面，没人像我一样想从既定事实开始。他们提出的论点往往是这样：如果出发点符合逻辑，那就是基本原理。因此不应有任何被证伪、站不住脚或欺骗性的东西让整篇文章结构失效。

笛卡尔是相信"开端就是根基"的哲学家的代表。他有个典型推理，即从最开始就排除通过感官获得的认识，尽管在那之前，他一直觉得那是最真实可靠的。他在《第一哲学沉思录》第一章中写道："我有时觉得感官具有欺骗性，为谨慎起见，即使它们只骗过我们一次，也绝不该再信任。"因此，他排除的不仅是欺骗，显然还有被欺骗的可能性，虽然感官认识也夹杂着真理的可能性。这难道不是更糟糕的欺骗吗？

与笛卡尔一样，洛克也运用了"根基"这个比方。众所周知，对于任何一种认识的根基，他都把经验简化为感觉（对一些外部物质的感觉）加反思（和我们头脑的运作有关），别无其他：没有父亲、母亲、语言、欲望、情感……通常，这种过度的严苛之后会得到修正。例如，笛卡尔把感觉排除在"思想之物"（cosa pensante）的属性之外，这是他的出发点和根基，然后对此进行纠正。他采用的策略是把感觉（sentire）比作一种思考（pensare）。20世纪初，胡塞尔修正了笛卡尔对于未经思考的思想（未经感受的感觉，等等）的抽象概念。但把哲学研究当作建筑，把开端作为一种绝对原则，这种倾向没有发生改变。因此胡塞尔认为，要想走进哲学，我们就得把自己从"世界给予的束缚中"[3]解放出来。

我对这些哲学家的批判可能很正确，但这不重要。我的哲学研究第一回合结束时，并非要对这些哲学家进行简化，而是更多是运用他们的思想。也许我应该这样说：当我意识到要进行哲学研究，就要把我们的现有知识用括号括起来，也许我应该说说了解到这一点我当时的反应。简单来说，我深受吸引。对我来说，整个西方哲学史都散发着一种魅力，这就像是一个让人幸福的承诺，让人心醉神迷，会让所有事、所有人得到提升。我们往前可以追溯到柏拉图，或者更早的巴门尼德。

在柏拉图身上，我们看到他对哲学的开端问题态度极度严谨，对这种严谨的强调与展示从古代文明渗透到基督教文明、现代文明，一直延续到现在。我要提到《理想国》第七章①中那个"奇怪的象征性的寓言"，就是大家熟悉的"洞穴之喻"[4]。我们都知道，在那个寓言中，柏拉图把人的处境比作关在一个很深的洞穴中的囚徒，他们只能面向洞穴深处，看到一个完全陌生的世界的影子，听到一些声音。当其中一人得到释放，来到外面的世界，见到光亮，他会慢慢适应，甚至有一天能够直视太阳。

整个故事中没有欲望的痕迹，囚犯被迫脱离之前的生活环境，被强行带出洞穴，我们看到囚犯没有表现出任何快乐，只有痛苦、艰难和不适。苏格拉底认为"这就是灵魂的转变，从像黑夜一样的白昼，转向真正的白昼"，"从繁殖的载体转向真理和实在"。

笛卡尔在《方法论》中讲到了自己的思路，还有一个放着陶瓷炉子的房间。在那间暖房里，他产生了自己的方法论，我们可以把暖房的故事当作现代版本的"洞穴之

---

① 原文是第七章，但在有些中译本里是第八章。

喻",他并不是照搬,而是从中世纪文化过渡而来(这是我阅读文本时的感觉,我也不知道如何去证实)。因犯离开深深的洞穴、走到光明中来的过程,对应的是笛卡尔远离童年以及童年的"欲望",远离出生之地,还有在他头脑中留下了很多错误和疑惑的学校课本的过程。经过了很长一段时间的旅行,经过一些实践,他认为,任何通过经验和惯例习得的认识都不可靠。他的解决办法是:研究自己,把自身当作一本独一无二的书,教会人如何分辨真假,以此为基础,重建整个认知体系。就经验的现实而言,和"洞穴之喻"里那个从昏暗的洞穴走出来的因犯相比,他用一种不那么夸张但同样激烈彻底的疏离目光看待现实经验:

> 我会觉得天空、空气、大地、色彩、形状、声音以及一切外界事物,都不过是他——一个恶魔——用来骗取我信任的假象和梦境。我要把自己当作一个没有手、没有眼睛、没有肉、没有血、没有任何感官,却误以为自己拥有这些的人。

胡塞尔也谈到哲学的开端,他的思考中也闪耀着柏拉图文本的迷人光辉。比如他说"要从事哲学,我们绝对要从头开始",提出"悬隔"(epoché)的概念,即"自然态度的**彻底改变,我们不再像以前那样生活**",而是"**发生彻底的转变【……】做出彻底的决定,就像是一种解放**"。[5]

但这样的哲学观念只是深深吸引着我,它没有产生结果。我来讲一个故事。我在天主教鲁汶大学学习时,一直在哲学和语言学之间摇摆不定。努力学习了几个月之后,我来到一位语言学家面前,向他展示了我的学习成果。我给他讲了我的问题设定,我看到他很困惑。他的评论是:"您应该从最近的研究成果开始着手,如果需要的话,之后再去看看问题的起源。"我一直都在学习索绪尔的理论,我想追溯起源我就会理解其他东西,或者说我就会知道其他东西。我听了那位语言学家的话,觉得与我之前的观念相悖:我认为显而易见的事被他的话推翻了,我很忐忑。更让我觉得不安的是,就好像在那一刻,我的直觉告诉我这些话很正确,并且这位老师说得很笃定,不带一点假设。反过来说,大概可以这样说:我之所以从头开始,是因为我不知道怎么从我所在的位置开始,我不处在任何位置上。

我保留了对哲学的热爱,还有我的哲学理念。正如我身上经常发生的那样,吸引我的往往也是阻碍我的东西,哲学之所以吸引我,是因为我试图从既定的现实中寻找象征的独立。我不想让思想处于游移状态，受偶然或意外事件支配。但我无法做到这一点，哲学可以让我在变幻莫测的现实中得到庇护，但我最终领会到，与此同时，哲学也让我对抗我的母亲，我内心深处觉得她的作品很糟糕。为了明白事理，了解自我，我想要去寻找事物的开端，但这些却让我对抗自己的母亲。当时我的想法并不明确，也不能说我在哲学中得到了类似的启发，至少在这个层面没有，但这确实是哲学研究对我的意义。为什么是这样？因为在内心深处，在没有意识到的情况下，我对这个给予我生命的人怀有一种无名的排斥，而哲学又激活了这种情绪，在哲学和那种晦暗的情感之间形成了一种恶性循环。我越寻找象征的独立，心里越长出对既存现实的恐惧和敬畏。

或许，我对哲学的热爱从一开始就并不纯粹。或许从一开始，我就被一种无意识的东西所推动，想要削弱母亲的权威，抹去她的成果。我对哲学的爱好将证实这一点：我转向了哲学家和哲学概念，而它们又与所有属于生命起源的东西处于明显敌对状态，至少哲学采用的语言是这样。想想柏拉图，他坚持反对在"生育的王国"（regno di generazione）寻找真理和实在。

然而我很确信，自己并不是出于对母亲的排斥而转向哲学的,虽然就像我刚才说的,后来这两样东西缠绕在一起。我确信出于两个原因:第一个原因很简单,在选择专业时,我是得到母亲的许可之后才第一次走进哲学的大门;第二个原因是,我在陷阱中寻找到了出口,哲学立刻有了新意义,对我的新研究方向很有益。

但我并不是通过哲学,而是通过女性政治找到的新出口。我从中确切地认识到,一个女人要获得自由的生活,在象征层面需要母性力量,就像一个人的出生需要母亲一样。一个女人通过爱和感恩,完全可以从母亲身上获取这份力量。可是在女性政治出现之前,一边是母亲的力量,另一边是我的需求,我一直缺乏通往爱和感恩的通道。没有这个通道,我会一直觉得自己对象征独立的渴望与生命的缔造者所属的那个无序、任意的世界背道而驰。

我之前所说的恶性循环,就停留在母亲扭曲的形象上。我一直以来的感受和表现,就好像那个把我带到这个世界来的女人,是我象征独立的敌人,就好像这种独立必然会带来我与母亲、她的结局的分离。这种思考方式很普遍,很多女性都这么想,但称之为思考并不准确,它更像是暗含的东西:一种内部框架,一种感受和行为的大概方式。涉及女性时,外界没有任何东西可以驳倒这种思想:就好像女人排斥她的母亲、觉得自己受到母亲的厌弃是很自然的事。而事实上，这是象征严重失序的表现。

现在我想知道，哲学在多大程度上容忍了这种失序？

毫无疑问，哲学史及其所属的文化都暴露出对母性权威和作品的敌意。柏拉图具有象征意义的寓言，塑造了古代、中世纪和现代人的思维方式（forma mentis），包含了第二次诞生的比喻。这个比喻没留给读者任何凭直觉判断的空间，而是通过明确的勾勒表明这是一种正确、真实的政治概念，要把其他象征秩序排除在外——柏拉图将被排斥的这种象征秩序定义为生育的王国，认为其本质是非正义、具有欺骗性的。

这种操作在后世重复了无数次，它的方法也足够简单，几乎能让人把它和最常见的隐喻相混淆。它的方式包括：把母亲的工作和力量转移到文化生产中去（比如科学、法律、宗教，等等），剥夺她的属性，使她变得黯淡，没有形状。在文字中，处于主体位置的人（专家、立法者、传教者，等等）必须凌驾于她之上，从而控制她。正如胡塞尔所言："悬置给哲学家展示出一种体验，一种新的思想和理论化的方式。通过这种方式，哲学家处于自然世界*之上*，也在他的自然存在*之上*，他的存在、客观真理、精神成果不会有任何缺失……"[6]（黑体为胡塞尔强调部分）

也许正如露西·伊利格瑞①所说，弗洛伊德从索福克里斯的《俄狄浦斯》里提炼的弑父在我们的文化源头并不存在，却存在弑母，那是埃斯库罗斯的《俄瑞斯忒亚》三部曲中所隐含的内容。露西·伊利格瑞这样写道，男性群体将其性别作为统治母亲力量的工具。

哲学语言确认了这一点。父权制和哲学之间达成了某种共谋。当我为了实现象征独立而转向哲学时，并没有考虑到这一点。如今我看到，哲学家所说的生育王国和自然世界——不管它是好的或者坏的，有序的或者混乱的自然——并不重要，而创建另一种不会剥夺母亲特质的象征界很重要。我还认为，哲学家的宇宙论也是政治性的，其政治性甚至比所谓的政治论述还要强。

但还是有一种风险，就是我为了对抗母亲所做的一切，可能会在哲学上犯同样的错误：我为了把自己从匮乏和极端中解脱出来，而把一切归咎于她。因为她无法成为的样子，谴责她的匮乏，又因她原本的样子指责她的过度。还有一种风险：这种想法会不断重复下去，让我永远无法达到象征的独立，周而复始，陷入一个死循环，因为

---

① 露西·伊利格瑞（Luce Irigaray, 1930— ），法国哲学家，生于比利时，代表作有《我的爱，向你》《他者女人的窥镜》《非一之性》《东西方之间》等。

我缺少一个符合逻辑的开端。

我投身哲学就是为了摆脱事物盲目的专制（以及依据我的错误观念，想要摆脱母亲），但事实上，哲学只能让我停留在自己的错误里，让我的思想更加混乱。但这个结果能归咎于哲学吗？这只能归咎于对哲学的错误使用。我在前面也承认了，我对哲学的热爱或许一开始并不纯粹，或许我一开始的目的就是为了削弱母亲的权威，抹去她的成果。

许多哲学家都考虑过哲学被误用的可能。柏拉图不赞成年纪尚小的孩子或是品性不良的人学习辩证法，"他们会将辩证法变成游戏，一种娱乐，不停否定别人"。模仿真正的哲学家，最后就会"觉得他们之前相信的一切都不是真的"（*Repubblica* 539 b-c）。这不就是我现在的情况吗？在这之前一段，柏拉图明确指出，女性不应该被排除于政治之外，因此也不应该被排除于哲学学习之外，这对于城邦管理者是必不可少的（*Repubblica*[①] 540 c-d）。而后像是说给男性的，他又补充了一句，"当然是指那些有天赋的女性"。

一个没什么天赋的女性会选择投身哲学，而她学习的

---

① 本段两处引用对应中译本《理想国》第八章。

目的也和真正的哲学家不同，比如她的目的是和母亲抗争，取后者而代之。这也就解释了她为什么无法从哲学中汲取养分，能够符合逻辑地去生活、思考。

如果我去看伟大哲学家的著作，我几乎会认为，问题在于哲学被不适合搞哲学的人（女人，我）误用了。他们写得特别好，沉浸在怀疑的深海里（笛卡尔的形象），完全不会被淹没，并在短短几页之后重新又浮出水面，精神焕发（这是笛卡尔的情况，其他人可能时间更长一些）。他们规划并进行广泛、激进的解构，没有什么可以幸免，语言则成了他们最强有力的助力。他们在各自的历史背景下，按照安全标准对事实进行选择和排除。他们远离当下的现实，却又不与之失去联系，就像他们远离传统，却又不放弃传统对他们的滋养（在这一点上，我想到的是基督教哲学家和希腊哲学家之间的关系）。在从事所有这些时，他们展示出自己一点都没有受到母性力量的影响，没有发生任何扭曲变形。关于这一点，我要批评这些哲学家，他们在模仿、盘剥了母亲的力量之后，却保持了沉默。

事实上，这些男人在语言的使用上，以及在与之前的思想和当下现实的关系中，展示出了一种编织象征的能力，这是我没有的能力（我又想到了自己在鲁汶大学的经历），我现在明白，他们其实是从生命的源头习得了这项能力。他们表现出和母亲（生命的源头）的密切接触，并学会了她的技能。

但他们传递出来的不是这些。这些哲学家通过与母亲的关系学会了编织一个象征的世界，但他们不教授这项技能，或许他们不懂怎么教。历史特权让他们以为这种能力是天赐的礼物，或者是他们生来就有的特征。父权社会把母子之爱当作世界最珍贵的东西来呵护，哲学就在这种社会里发展起来的。这是燃烧着欲望之火的炉灶，是孕育伟大事业的温床，是制定法律的作坊，一切仿佛都从这里开始。如果我羡慕男性所拥有的一样东西，那就是抚育他们成长的母爱文化，怎么能不让人心生嫉妒呢？这是实践的根基，一个活的胚胎，一切哲学言论都从中发展而来。

然而哲学家并没有意识到这一点，他们无视男性后裔的历史特权，用虚构的根基掩盖他们知识的来源。他们忠爱沉默的母亲，把母亲的成果当作自己或类似于自己的形象呈现出来，颠覆了事物的本来秩序。

从另一方面来说，如果我感觉自己没有学哲学的天赋，也需要分析原因，不能把这看作自己天生的缺陷，或是上天的旨意，这是历史条件使然。我生长在这样的文化里，它不会教会女人爱自己的母亲，然而这是最重要的知识，没有它，我们很难去学习其他知识，很难在一些事情上有所创建……

突然间，我发现我一直寻找的开端就在我面前：学会爱自己的母亲。这无疑就是一个起点，因为对我来说，其他起点都说不通。事实上，只有这样才能打破那个恶性循环，让我挣脱那个文化陷阱：它不仅没教会我如何爱母亲，还剥夺了我改变它的必要力量，剩下的只是抱怨，也不知道抱怨什么。

但如何去学呢？谁来教我呢？答案很简单：我的需求会教我，这种需求是如此强大，它早就主导我，让我领会、知道学会爱母亲是怎么回事。我发现这种需求一直存在于我的身体里，帮助我展开研究，建立秩序，从而让我拥有象征独立。事实上，开端的难度一直在增强，如果不是这种需求在刺激我，带领我一直找到真正的开端，那还能是什么？同样这也是让我回到起点的一种方式，存在于我内心深处幽暗的厌母情感，总是在不断激化。我想要达到象征的独立，却总是徒劳无功。

弗洛伊德把女童对母亲的爱称之为"依恋"（attaccamento），这种爱很强烈，但最终注定会转化为恨。他认为这种爱的存在很明显，但无法持续，因为女儿必须脱离母亲，"带着敌意和母亲疏离，女儿对母亲的依恋最后会转向仇恨"。[7]以前我看到这些话总是摇摆不定，我要么认为他的话错了、很厌女，要么悲伤地认为这是真的，是一种真理，应该说是父权制的结果。如果要我现在做出判断，我会认为这个观点很肤浅。事实上不存在什么由爱到恨的转变，而是缺乏爱的教育——正是由于没有学会爱自己的母亲，幼年时期的依恋没有好的结局，留下一道无法治愈的伤口。

因此开始的困难就这样解决了，我为我的研究找到了合乎逻辑的起点。在哲学研究里，我的出发点比较贫瘠，和严肃的哲学研究要求的根基和起点无法相比。事实上，在爱母亲这件事上，我的认知极为匮乏，包含的内容很少，都是经过漫长、艰辛的，几乎无意识的协商得来的。之所以有这些持续至今的协商，只因我内心充满依恋与厌烦，以及对反驳的恐惧与厌恶。

但我最后还是找到了开端，可以说这只是开始！我感觉很充实，想要奋力向前。关于能力和认识的界限，哲学家多有分歧，而我支持那些认为它们没有绝对界限的哲学家。事实是，母亲无偿赐予我生命，我从她身上获得了很多东西，我看不到这其中有什么限制。现在我学会了怎么提要求，我的请求也不会有什么限制。

注 释

（1）Hegel, *Enciclopedia delle scienze filosofiche in compendio*, trad. it. di B. Croce, Laterza, Bari 1963, $ 1, p.2.

（2）Hegel, *Scienza della logica*, trad. it. di A. Moni, Laterza, Bari 1968, p.52.

（3）Husserl, *La crisi delle scienze europee*, trad. it. di E. Filippini, Il Saggiatore, Milano 1961, 41, p.179.

（4）Per il testo della *Repubblica* mi servo della traduzione di F. Sartori in Platone, *Opere*, Laterza, Bari 1966. La traduzione di Cartesio è mia, da Descartes, *Oeuvres*, publiées par Charles Adam & Paul Tannery, Paris, Librairie philosophique J. Vrin.

（5）*La crisi delle scienze europee*, cit., SS 39—41, pp.176—180.

（6）Ibid., p.179.

（7）Freud. *Introduzione alla psicoanalisi*, cit., p.228. 露西·伊利格瑞针对弗洛伊德的这一段关于小女孩（女人）和父亲（男人）的对话，她评论说："这个操作并不是女童、女人最初欲望的**转移**，而是一种流放，一种引渡，或者说迁移到她的欲望范围之外。此外，错误被归结到女人身上：她仇恨母亲。事实上是另一回事，对于女人来说，她的表达权被取消，还有能指，在力比多掌控的时间里。"(《他者女人的窥镜》) 我赞同露西·伊利格瑞的观点，我觉得对母亲的"仇恨"，只不过是和母亲古老的关系缺乏象征表述。对于女人来说，这种表述的缺陷会带来很多混乱，在这种混乱中还回响着弗洛伊德的声音，并不是通过象征秩序，而是通过社会秩序来阐释。我觉得这时候提到弗洛伊德是对的，有些迟缓，但是很明晰，他理解女童对母亲的爱在女人的存在中的重要性被忽视了，或者被我们的文明低估了。我尤其想到了弗洛伊德在《女性的性欲》（1931年）中所写的："有两件事实让我尤其震动。首先是女性对于父亲的尤其强烈的依恋，在这种依恋之前，研究显示，在此之前有个阶段是女孩对母亲排他的依恋，带着同样的强度和激情；除了对象（成了父亲，而不是母亲）的改变，第二个阶段的依恋几乎没再添加什么东西；儿童和母亲的关系很丰富，向多个方向发展。第二个事实展示出，儿童和母亲的依恋关系的持续时间被低估了，在很多情况下这种依恋会延续到四岁，有一例延续到五岁，比性生活依恋延续的时间更长。因此需要提出一种可能，就是有一定数量的女性坚固地保持着对母亲的最初依恋，且从来都没有转变成对男性的依恋。"在这之后，我想进一步提出，这种转向对于任何女人来说都不是一种"必须"，而是一种自由选择，这也是弗洛伊德关于象征秩序的观点可以支撑的（"必要的转向"是落入逻辑和社会秩序）。弗洛伊德接着说："女性的前俄狄浦斯的古老阶段获得了一直到现在我们都没有承认的意义。"这时弗洛伊德作了一个很著名的比较，他精准地将这个论断和当时米诺斯-迈锡尼文明考古发现联系起来："对女性的前俄狄浦斯的古老阶段的认识，在我们心里引起的惊异，类似于发现古希腊文明之前的米诺斯-迈锡尼文明带来的惊喜。"（Opere, volume undicesimo, cit., pp.63—64）。一年前，我在一次教师进修课程上提到了和母亲的"古老关系"，其中一个学员反对说：为什么不称之为"远古的关系"呢？我不知道为什么，我试图搞清楚。我回答她说："也许为了和'现代'对应，对于女人来说，要进入现代只能把母亲撇在身后。"好吧，但现在我想是"古老"而不是"远古"，我想到了弗洛伊德的这种表述："前俄狄浦斯的古老阶段。"

第二章
学会爱母亲，如同存在的意义

翻过这页之后，我已经不像之前那么匮乏了，感觉丰富了很多。我来解释其中的原因。多年以来，哲学一直滋养着我，如果从我的角度来看，那些都是很好的哲学，只是我吃不透，我学得很吃力，简直白费力气。而且我一直以来都很清楚这一点，也对哲学教授说明了我的感受，比如我会说"哲学已经死亡"这类的话。我说的"哲学已死"，其实是为了说明我的哲学研究寸步难行、枉费心力，虽然在学校里我的研究成果受到了认可，被认为很好（准确来说不是最好）。

现在，学会爱母亲——在我内心存在强烈的渴望，想要学会爱她——这一点认识让我重新回到哲学，让我学到的哲学变得有益。在这里我并不是指全部哲学或者所有内容，我很清楚很多哲学思想都不怎么样。我能看到这一点，正如我看到并不是一切都很糟糕，我学习到的所有东西都可能会对我有用。

这完全违背了女权主义的典型思想，我也曾经有过，也许也支持过这种女权主义思想：我们好像被男权文化入侵、殖民了，我们难免要经过一段困难重重、漫长且痛苦的路才能解放自己……正如囚犯要从柏拉图那个著名的洞穴中逃离一样。

但事实并非如此。从我理清思绪、抓住关键的那一刻起，我明白了符合逻辑的开端是：学会爱母亲之后，我之前学到的知识会变得有益。我不用费力摆脱父权制文化赋予我的思维和存在方式，虽然我是在那种文化中接受的教育，我感到一种让自己惊异的轻盈，之前痛苦的哲学研究现在又让我很幸福。我该如何解释这种状况呢？（当然了，我并不排除日后会出现新的辛劳和痛苦：哲学工作本身就并不轻松，也并非从天而降。在这里我指的仅仅是我和过去已经完成的哲学研究之间的关系，那些研究意义不明，而且是反母亲（antimaterno）的，所以我认为应该被全部推翻。）

我找到了这个解释：在（我的）哲学文化里，一定存在反母亲的内容，但它们无法进入我内心深处，原因很简单，正是因为很多哲学的反母亲表达阻碍了我，让我很难学好。换句话说，假如最严格意义上的女权主义在要抹去父权文化这一点上是对的，我承认对我来说问题其实很简单，因为我只需要丢弃之前从来都没学会的东西；另一方面，我所学到的其他东西对我都是有益的，就像我母亲在亲自教我一样。

我倾向于这样想：所有我充分掌握的东西，都是我母亲通过某种方式教给我的。我说不上来是通过什么方式，但我说的是事实，不是说说而已。

我谈论母亲时，从来都不是在比喻层面上，我谈论的是真实的她。为了让这一点更清楚，我会尽可能放弃关于母亲的众多比喻，那些言语都很美，也很丰富，都基于出生的象征意义和母亲的隐喻。出生的象征意义存在于各种领域，从宗教的洗礼仪式到艺术创作，再到哲学概念（conceptus[①]）。大家普遍承认母亲的作品很伟大，但这种认可通常并没有和有血有肉、具体的女性拥有的社会权力结合在一起，所以我认为这其实是剥夺母亲特权的一种方式。

事实上，母亲的象征意义和隐喻暗含、滋养了自然生活和文化的并行，以及它们之间无限的冲突和类似性。通过这种方式，两者之间的其他关系也被掩盖了，比如不平等、不可逆和依赖性，以及各种可能的混合。这就导致母亲做的一些绝对的、无法取代的事情被排除在外。首先从

[①] 意大利语中的"哲学概念"一词为concetto，从拉丁语conceptus（意为胚体、胚胎）一词而来。

以下这个事实开始：她们除了是户口本上的母亲之外，往往要教小孩说话，还要教会他们文明一系列的基本技能。所有这些都是她们共同完成的，不是和其他东西平行的，也不可比拟。

因此我放弃用"第二次诞生"（seconda nascita）来说明我获得的意识。尽管你能够在艾德里安·里奇（"我是一个自己生出自己的女人"）和露西·伊利格瑞（"女性也需要一次这样的诞生"）的表述中看到这样的比喻，另外，这两位学者对我的研究有很大的帮助[1]。"诞生"作为一种隐喻（或许存在别的表述），通过文化得到进一步巩固，这个隐喻让我们觉得人可以将母亲的作品逆转过来，让她们变得多余。我必须补充，对于我和那些像我一样的女人（不泛指普遍的女性）在这个问题上需要很谨慎。当一个女人与赋予她生命的母亲的认同关系出现问题时，需要提出这一点。需要让那些"初学者"学会爱自己的母亲。

我不在隐喻层面上谈论母亲，我在象征层面上谈论她。很多人混淆了隐喻和象征的概念。为了简单说明两者之间的区别，我们可以想想，面包对于挨饿的人或者毒品对于瘾君子的意义，对他们来说，不管是面包还是毒品，都代表着一切，意义至关重要；但在其他人眼中，也就是对于那些已经吃饱饭、没有毒瘾的人来说，它们没有任何隐喻意义。

我会写出母亲对我的意义。但首先我必须说明，母亲的非隐喻性象征意义并不是我发现的，它本来就存在，并且非常坚固。在我们童年时期，它就像一座堡垒。童年时期，我们崇拜母亲以及与她有关的一切，从她的丈夫到她穿的鞋子，从她的声音到她皮肤散发的味道，我们把她置于一个伟大又现实的神话的中心。因此，我把证明母亲的非隐喻象征意义的任务交给童年时期的我，还有和我一起长大的女孩，交给生活在我们周围的男孩女孩。我会负责次要的任务，也就是把这种象征意义通过哲学呈现出来。

我通过这样的方式来概括我写作的意义，清楚明了，却并不完整。我把母亲对于我的意义引入哲学，是基于我需要她、依赖她的时期。但要补充说明一点，是母亲把我引向哲学的，就像我是通过她而不是通过哲学认识其他事物。正如我之前所说，我现在并不是很清楚这一切是如何发生的，但事实正是如此。

正如我们所知，哲学家从母亲的形象和成果中受到启发。但他们会颠倒事情的次序，把母亲的成果作为复制品呈现出来（很多时候是拙劣的复制品）。从这个意义上来说，他们是父权制的同谋，把父亲作为生命的真实缔造者[2]。

但现在我无意批判这一思想，我更倾向于确认它。我搞清楚了过去我无法真正掌握哲学、无法进行逻辑思维的原因，发现学会爱母亲对我来说是逻辑秩序的开始。我意识到批判本身不会有任何结果。批判的确有用，而且确实很有必要，但前提是批判后有肯定，能够提供理由和尺度。

我可以确认，学会爱母亲会让我们建立象征秩序。在我看来这是20世纪60年代末以来的女性运动暗含的信息，但它的理由和尺度也越来越模糊。

女权主义对父权制，对拥护这一权力体系的哲学、宗教、文学等诸多同谋进行了深刻批判。虽然批判的涵盖面很广泛，内容深入，但如果这种批评得不到认可，那么经过一两代人的更迭，所有成就都会被抹去。只有这些批判得到接受，才能将母女关系中被男权统治抹去的象征力量重新赋予女性，再将这种力量赋予社会[3]。

从对父权制的批评中，我获得了自我意识（autocoscienza），但没有获得自由表现女性伟大力量的能力。在生命的最初年月里，我曾在母亲身上看到过、也完全认可这种力量，但之后它遗憾地从眼前消失，甚至遭到否认。

我们曾被灌输这样一个概念，双重否定即为肯定，但并非任何情况下都是这样。在某些情况下，第二重否定并没有推翻第一层,反而强调了它,就像我遇到的情况。事实上,我遇到的状况是:通过批判,我一直在练习排斥别人的思想,从而间接加固了我无意识中的厌母思想。这是因为除了无意识的否定冲动之外,我没有其他精神支撑,缺乏象征独立,在与母性力量的近身搏斗中,我找不到任何文化支撑。因此当我投身于"解构"(Destruktion)——这也是批评工作的特点,就再也停不下来。

在我眼里,康德是个很典型的例子,在哲学中,他代表男性在破坏的过程中停下脚步。按照教材的说法,我们不能按照字面意思来理解康德的批判,虽然字面上是消极的,但它具有积极意义,就是积极创造条件,让科学知识变得可能。康德也是这么认为的,但按照他设定的条件,由于缺乏必要的能量,没有一种科学能成为可能。康德真正的积极性表现为,在他证明了形而上学是一门不可能的科学之后,或者说是无法认识到任何真正的现实,也无法认识到某个人的真实存在,他停留在不再赞扬形而上学这一步。

在《任何一种能够作为科学出现的未来形而上学导论》[①]一书中,有个段落专门讲述了这种批判的"停顿"

---

① 原文为德语版书名缩写 Prolegomena。本段中涉及该书的引文,引自《任何一种能够作为科学出现的未来形而上学导论》,康德著,庞景仁译,商务印书馆,1982年,第139至143页。依据原文略有调整。

(alt)，读起来很像小说。第五十七节开头：一些极其清楚的证明既经提出，如果我们对于任何一个对象要求（多于这个对象的可能经验所包含的东西，或者对于我们认为不是可能经验的对象的任何一种东西要求）哪管是一点点知识，就很荒谬了……事实上，我们如何如何能确定实在及其他种种呢——这里有一个突然的"停顿"——如果我们（把我们的经验当作对物的唯一可能的认识样式，）否定自在之物本身，就是更大的荒谬了。因为如果我们不能对自在之物本身有确定的概念，我们就不能完全遏制我们自己不去探讨自在之物本身是什么。于是，按照康德的结论，"我们一定要设想一个非物质性存在体，一个理智世界和一个一切存在体（纯粹的本体）中的至上存在体。因为理性只有在作为自在之物本身的这些东西上才得到彻底和满足。"[4]。①

在《纯粹理性批判》中，康德指出了他遵循的逻辑，并停下来讨论他批判性地宣告为不可知的事物："但在我们看来，单是能对真实存在的东西作出申述是不够的，还要申述那为我们**渴望知道**的东西。"② （粗体部分为我所加）

---

① 对应德语单词是 noumenon，康德用来指代离开意识而独立存在的不可知的自在之物。
② 译文引自《纯粹理性批判》，康德著，邓晓芒译，人民出版社，2004年，第271页。

因此我们要把对知识的渴望排除在批判范围之外。"[5]这种操作在思辨层面不太能站住脚，却拥有强大的象征作用，它的发展也表明了这一点（一方面我想到了黑格尔，另一方面想到了叔本华）。我认为，这种作用来源于他从一系列的否定中停下来的能力。康德的书中也谈到这些否定没有创造出任何肯定。正如在现代文化中，对存在的肯定产生于对知识的渴望。

我并不是通过这条道路重新发现我和母亲的关系中具备的象征力量的。"学会爱"和"渴望认识"是两条不同甚至是相反的路。因为"渴望认识"是让饱含激情的力量有目标导向，即获得知识，但这个目标往往难以企及，而"学会爱"是通过精神的活动让激情力量加入循环。

但在这里，我想强调我在许多伟大的哲学家身上看到的一种清晰的能力。他们可以不完全依赖于智力活动，也会接纳存在的最初实在性，从而意识到自身存在比思考更为强大。我把他们的这种能力和母性力量联系起来。这些哲学家的目的并非让母亲说话：康德哲学本身就是母亲的纪念碑，是一座母亲的空坟。但在这种密切关系中，哲学家明白了脑力劳动的局限性，而正是这一点让他们成为了伟大的思想家，因为他们能够超越思考的限制。

然而正如我之前说的，我并没有这种资源，这让我的批判工作没有结果,而我的哲学实践工作主要是批判。在最初的冲动过后,批判工作通常不会给我带来太多乐趣,但我觉得这是分内之事,也期待能得到正面的结果,最后却没有得到。

可是我并没有把任何东西都拿来批判。事实上,我的批判工作绕过了一些作者及其文本,通常人们将他们的理论作为一系列思想的开始,就像之前提到的费尔迪南·德·索绪尔对于20世纪语言学的作用。我的另一项哲学实践正好是追根溯源:但我没有象征的确定位置,就无法交流思想,无法去追溯一个假定的起源,让我相信自己能够知晓一切。很明显,这样的结果没有出现,但对那些假定的原创思想的研究给我带来了无限的快乐。直到现在我才明白原因:这是一种奇妙的回归,让我回到母亲那里去学习。

女性主义批评不足以纠正我思想上的混乱,因为它太符合否定之否定的逻辑,但这种逻辑对我来说是不够的。它让我相信我可以让自己第二次出生,赋予我母亲生命,颠倒代际的秩序。女性主义把母亲的可怜处境归因于父权统治,通过这种方式使我们承认母亲的苦难。从这一点来说,女权主义(从象征秩序角度来看)所做的和父权制没什么不同。

在艾德里安·里奇于20世纪60年代中叶写的文字中，我看到女权主义对父权制的批评达到了顶点。她在谈到自己与母亲的关系时说："我现在不再幻想——我觉得，这是我童年时期从未实现过的梦——能够在和她对话时奇迹般得到疗愈，可以互相展现所有伤口，战胜作为母亲和女儿分担的痛苦，最终把一切说出来。在我写下这些文字时，我至少承认她的存在对过去和现在的我很重要。"[6]

这还很不够。我们不能放弃童年梦想，它包含了一种爱母亲的女性文化的根源。在里奇的同一篇文章中，她也谈到我们对母性力量的需求，这与我们童年时的感受并没什么不同，她评论说："存在于我们内心的女人/女孩的哭喊，不一定是让人羞愧的倒退，这只是个萌芽，是我们渴望去创造一个世界，在这个世界里，强大的母亲和女儿不是例外情况。"[7]

她也提到了渴望。这并不奇怪，没有什么力量比渴望更能对抗知识的建构。对我来说，这种渴望也驱使我在一系列不带来肯定的多重否定中选择暂停。它像一阵阵敲击，反反复复，让人痛苦，却没有打开门。渴望本身并不构成象征秩序，而学会爱母亲正在创造这种秩序（我称之为秩序：用脑力劳动将这种渴望推广出去），最终让我超越思维逻辑,在这之前,只有一个晃来晃去的秋千。

学会爱母亲赋予我,或者说,把存在的真正意义归还(restituito)给我,而现在我会展开细说[8]。

我想现在已经很清楚,我在这里并不是为了从心理学、社会学或历史学的角度来阐述女性与母亲形象之间的真相也就是按照人们对"真实"的经典定义——基于言说与事实统一的真实。大家都说"雪是白色的",当雪是白色时,这就是真实。

我要说的很多事都具有这种符合真实的形式,可以通过适当的对照来验证这些事实。但不是所有事都可以,我所说的也并不是全部,不能涵盖一切。我说的整体,只是想让有些事情变得可以言说,否则可能看不到它们的存在。因此它们的存在和意义是一致的,两者必然是一个整体。也就是说有些东西如果是虚假的,就无法理解;反之,如果它有意义,那么它就是真的。

理解了这一点,就相当于理解了形而上学。我当前实践的哲学是连接物理学和形而上学之间的一座桥梁,前者主张"真理符应论",后者主张真理作为一种存的意义。(在过去,甚至到今天,有很多人对形而上学存在偏见,都是因为混淆了这两者不同的主张,把形而上学视为物理学，认为形而上学也由真理符应论主导。）让我们以弗洛伊德的"超心理学"(Metapsicologia①)为例，弗洛伊德通过"形而上学"创造了这个新词：在以这个概念为书名的文集中，他并非要研究已知给定的现实，而是要创造理论[9]。他想改变言语，也就是思想和头脑，这样就能看到在我们眼皮底下。之前一直被我们视而不见的东西。如果可以的话，这就是个新理论，知识的较量在可见与不可见的边缘上进行，在可言说与不可言说之间对抗，余下的是结果和轮廓。如果一件事只要说出来就是真实的，那么真理符应论也就无法确立，它也没有任何存在的意义了。

因此我们应该意识到，任何物理学都需要形而上学（心理学需要超心理学，以此类推），前者总是包含着后者，有时是好的，更多时候很糟糕。当我思考恩斯特·马赫和他的《力学史》(Meccanica) 时，我遇见了这个认识论原理，它凸显了古典物理学中隐含的形而上学，解放了科学头脑，我们可以在爱因斯坦的相对论中看到这种影响[10]。

当"合理"与"是真的"相一致时，存在的本真就得到揭示。这种重合告诉我们，没有思想就没有存在，正如

---

① 对应英文是 metapsychology。

知识的原理即存在的自我呈现[11]。

问题在哪里呢？这就是我们能否在充满矛盾、有限的经验里去思考真实（举一个例子，但它不仅仅是个例子，我们的母亲所经历的痛苦……），与此同时并没有迷失存在的本真，即实在与在场。如果缺乏这些，批判将没有结果，没有任何出路。

古斯塔沃·邦达蒂尼[①]教会了我什么是形而上学，他把存在定义为"能够从自身把虚无推开的能量"[12]。除了概念和经验之外，我们还拥有这种能量吗？我认为有。把我们接受的教育先放到一边，我们和母亲之间的关系给我们留下的不是一段记忆，而是不可磨灭的印记，就像是未来经验的模式，以及赋予这些经验逻辑秩序的可能性。就这一层面而言，它是独一无二、无法复制的，但也不完全是这样。如果我们相信神秘主义思辨传统，它谈到了一种完全真实的存在体验[13]。

从另一方面，我把邦达蒂尼的教导放在一边。他认为在柏拉图思想的"chora"[②]（造物主会通过这一母系容器／

[①] 古斯塔沃·邦达蒂尼（Gustavo Bontadini，1903—1990），意大利哲学家、新托马斯主义运动核心代表，曾在米兰圣心天主教大学执教，曾为穆拉罗的老师。

[②] 古希腊语中是 χώρα，亦作 Khôra。本书第 68 页会提到克里斯蒂娃对这个概念进行的阐发。

混沌空间创造宇宙），或是在亚里士多德提出的"yle"①（神的纯粹行为的作品，在宇宙形成之前那些无形的静态物质）中可以追寻到存在的真实意义。但在我看来，古代宇宙论中天和地的二元论，让大地处于负面和消极的位置，其实否定了存在的正确意义，因为它否定了生育和繁衍，结果让我们与生命的缔造者之间的关系失效，让人对和生命相关的一切产生了无法抹去的怀疑。这种怀疑尤其会对感性经验的价值造成致命的伤害，让我们失去感受和享受的资格。我承认（但不止我一人这么认为），只有这些才能让我们直接感受当下和实在，否则我们无法对于当下产生任何概念。

而事实上，我们总是反复失去这种概念。邦达蒂尼学派的哲学家埃曼努埃莱·塞维里诺②认为，整个西方哲学史是"变质的（alterazione）历史，把古希腊哲学家窥见的存在意义逐渐遗忘"（作者这里主要指的是巴门尼德的著作残篇）。塞维里诺写道，遗忘从对抗阴性的那一瞬间开始，而正是这种阴性的力量给予我们存在的意义，这种力量无法解释地变成从外部支配存在的**法则**（una legge），而

---

① 英文对应为 hylé。
② 埃曼努埃莱·塞维里诺（Emanuele Severino, 1929—2020），意大利哲学家，与作者同为古斯塔沃·邦达蒂尼的学生。

非存在的内在力量（他指的是亚里士多德的无矛盾律，在本体论原则之前的逻辑原则）[14]。

在一定程度上，他的这个论点与我关于存在意义的看法很一致。我把存在的意义和与生命缔造者的关系体验联系起来：父亲律法的建立（父权制）凌驾于母亲劳作成果的事实之上，把存在和逻辑割裂开来，这就是为什么我们总是反复失去存在的意义。

我把存在的意义丧失和从文化上清除我们与母亲的关系联系起来，这不仅关乎起源的神话：在哲学史的发展过程中，我们可以看到这一点贯穿始终。接下来我举两个例子。

第一个例子是物体和价值的**重复倾向**。把经验世界复制到理想世界的倾向，这一点为大家熟知，因为这是经验主义者和实证主义者反复批评的对象，但并非唯心主义者才有这种倾向，我们还可以在现代实验科学（那些已经建立自己范例的科学）中发现这一点。事实上，现代物理学的实验室和专门术语就尝试寻求日常世界和日常语言的替代物。无论如何，似乎要认清我们的现实经验，我们必须重建它，且不带有任何模糊性和矛盾性。因此我们需要与普通人的社会保持距离，成为由专业知识分子构成的科学社会。

法律哲学家汉斯·凯尔森①是在维也纳新实证主义学派的圈子里成长起来的,他这样解释:"很明显,人对于自己的感性和理性缺乏充分的自信。"[15]凯尔森并没有说明这种信心缺乏的原因。我的解释是,一切都归咎于对我们与母亲的古老关系进行的文化抹除。我们与生命缔造者之间的疏离(尤其是我们与它的现实关系)让我们丧失了对自己感性和理性力量的所有信心,也让我们失去了把这两种力量结合在一起、让它们进行有效合作的可能。结果是,我们像早产儿一样脆弱,需要依靠保育箱才能存活下来。

第二个例子涉及笛卡尔《第三沉思》中的一段话:"我在前一刻存在并不代表我此刻必须存在。"邦达蒂尼评论说:这句话突出了存在的现代概念(对他来说,即虚无主义),"他感觉无法赋予每种'存在'不被'非存在'压倒的权利"[16]。我想说这段话体现了一种存在的虚无主义观点,丧失了不被**非存在**压倒的确定性,他之所以丧失了确定性,是因为他闭口不言给予他生命的女性力量。

奇怪的是,埃曼努埃莱·塞维里诺把存在的虚无主义观点描述为"(男子气概)受阉割的存在"(essere svirilizzato)[17],或许是因为在父权文化中,母性力量仅

---

① 汉斯·凯尔森(Hans Kelsen,1881—1973),奥地利裔犹太人法学家,法律实证主义代表人物。

仅表现为生殖力量，这种力量没有找到其他表达方式；又或许是因为男子气概窃取自母亲，这种窃取需要被藏匿起来，需要隐藏的显然还有母亲本身。

如果让我们谈论这些问题，那我们就可以从母亲身上、从与她的古老关系里学会对抗虚无，摆脱丧失存在意义的处境。

在历史上，我们可以看到哲学曾与两种形式的虚无主义进行斗争：一种是认为存在本身就是虚空，注定以虚无告终，存在与不存在都无所谓；另一种虚无主义是把存在和思考分开，把这两者看作相互独立的东西。（当我说哲学与这两种虚无主义斗争时，我的意思是哲学是个战场，或许是主战场——可能这样说更好，哲学受到了这两种虚无主义的攻击。）

我现在想谈谈另一种虚无主义：不在意存在的真实与虚假，是"假装存在"（essere-finzione）、"模仿存在"（essere-copia）的虚无主义。但模仿的也是虚无，那是一种表演，只具有表演这一事实，为了存续下去，它依赖的主要资源就是：**以为**（creduta）是真的。

要开始讨论这个问题，就必须要聚焦这种虚无主义，一种本真的生存感也在与这种虚无主义的对抗中生成。我在开始提到的开端的困难就源自这里。我开始说，我想围绕某个确切的主题去写作，但这个决定并没让我的思想变得有序，而是适得其反，它让我从头到尾都处于一种不确定的分裂状态。事实上，存在（不管是真实还是虚假的）并不能规定我们应该这么说或那么说，而想要说出真理的意愿要么没用，要么太庞大。这样理解的存在从来没有真实和虚假的区别，因为它的位子被真实性和可信度的问题取代了，进一步来说，真实的存在并不够，甚至不重要。当然这其中并没有什么欺骗的意图。我们之所以追求可信度，是因为它让我们拥有确认的权利，而说出真实的东西无法完全赋予我们这种权利。

　　要获得这种可信度，就需要与别人说过的话，或别人可以说的话达成一致。这样一来，我们脑子里想的，其实是别人已经想过的。也就是说，这并不是真正在思考，因为思考是一种纯粹的脑力活动，根据定义，它意味着思考别人没有思考过的东西。俄国出生的、伟大的南美犹太作家克拉丽丝·李斯佩克朵，在她的长篇小说《G.H. 受难曲》开篇提到了"第三条腿"，就是要去符合别人的思考，我们感觉到自己很需要它，但它会阻止我们行动：

　　　　我失去了对我来说曾经很根本的东西，但现在它不再重要。我不再需要它，就像我失去了第三条腿，一直以来，这条腿让我无法走路，让我可以有个稳固的支点。我失去了第三条腿，回归了自己，那是个前所未有的自己。我重新拥有了之前从未有过的一切：不是别的，只是两条腿而已。我知道，只有通过两条腿我才能走路。然而没有了第三条腿，虽然它并没什么用处，却让我很想念，也很害怕，因为正是这第三条腿让我可以找到自己，甚至不需要寻找就能找到。[18]

长久以来，我都在与这个问题抗争，虽然我不明白问题的本质。哲学研究没有帮助到我，因为它好像一直在无视这种形式的虚无主义，然而在哲学史上我们也能找到类似的虚无主义，比如我之前提到的笛卡尔的恶魔。笛卡尔说：我怀疑上帝不是一个至善的存在，不是真理的至高源头，而是某种恶魔，非常强大，狡猾奸诈，竭尽全力把我引入骗局，会让我觉得天空、空气、大地等是真实存在的，但其实这一切都是假的。

但我们明白，笛卡尔的假设是虚构的。然而我说的是一种绝对的假装，它取代了存在，我们除了发现存在的真正意义，没有其他出路，这里指的是把存在和语言联系在一起的"利益"互换。形象点说，言语可以说真话/假话,但"更偏向于"说真话(这种偏向已经得到证实,比如"口误"现象);反之亦然,"存在"可以表达为真也可以表达为假,但这种表达"更偏向于"真理。

理解到这一点,意味着理解"虚假存在"(essere finto),"假定存在"(essere presunto),也就是无所谓真实虚假的虚无主义,让我开始反思《G.H.受难曲》的结尾。G.H.在到达旅途终点时说:

> 世界不由我决定——这是我产生的信心:这个世界独立于我而存在,我并不明白自己所说的,从来都没有!我再也无法明白自己要说的!因为语言在为我说谎,我要怎么说话?我还能说什么?除了很羞怯地说,生活于我,生活于我,我也不明白自己在说些什么。因此我欣赏……[19]

我问自己,为什么她会那么欣喜,G.H.的快乐在我内心深处引起了回响,让我感到双重快乐。为什么?因为快乐源于肯定了:真实不是虚假的,它独立于我们而存在;突然间,我们从让人疲惫的假装中解脱出来,生活和说话、倾听、步行、去爱是一体的,生活并不是真的要求假装,我们内心反而升起了一种无与伦比的喜悦,终于可以依赖一种不需要语言的"存在",什么也不需要,我们也不能给它添加什么。

李斯佩克朵阐明的立场不应该与教条的现实主义相混淆,后者让现实独立于思想。在《G.H.受难曲》里,现实的独立是通过语言获得的,是语言失败产生的结果:

> 言语是我作为人的努力尝试,命中注定我必须去寻找言语,也注定会空手而归,但我会带着不可言说(indicibile)归来。只有通过言语的失败,我才能得到不可言说。[20]

因此这就是说,抵及存在是不言自明的事情,那些我们无法言说的,是通过努力对语言的胁迫完成的。

在《G.H.受难曲》中,人物最终通过媒介装置(言语)的失败抵达纯粹存在(不可言说),这与神秘主义传统一样,后一种传统同时具有男性和女性色彩,只是女性的色彩要重一点。而不管是李斯佩克朵还是神秘主义,超越虚无主义、重新找到存在的意义,完成过程都是一笔带过,这里必须得到明确说明。

在"假定需要假装"和"绝对不可言说"之间有一条通道,只有当一个女人决定"开始说真话"时,这条通道才会打开。在 G.H. 的历程和神秘主义的路线中，这一段好像跳过去了。事实上这两者的目标都是不可言说，让所有媒介和假装走向失败。这种同时的双重失败，对应着一种观点（假设我们可以这样说）：可以赋予存在纯粹的存在，对于从事此类研究的男女见证者而言，每个词语听起来都像假的[21]。

现在我想提到一个很普遍但并不普通的事实，即语言的根本性失败。从很多女性经验来看，这很能引起共鸣：说话和说谎好像是一回事。而通常来说事情确实如此，对于那些渴望听真话和说真话的女人来说，更是如此。

存在绝对的不可言说之物，还存在一种历史决定的困难，让人无法言说自身经验。这两种不可言说，理论上我们可以把它们区分开，但单独来看它们其实不可分割。或者她不想让两者分开，就好像在呈现她普通的苦难，在预示那些绝对的不可言说之事。

历史上，这曾是一条女性思想的解放之路，女性思想一直困于父权文化，女性体验难以实现自我言说。

但这条路特别艰难，很容易摔断脖子。事实上，即使是另一条路——一条渐进的路，没有捷径的道路——也难以企及，即使这条路走失败了，也不会引起注意。这里说的并不是什么人类的巨大灾难，而是一些小小的失败。这种类型的失败让我想到女性传记（自传）作家卡罗琳·戈尔德·海尔布伦[①]。她注意到，很多女性的生活都充满了激情，她们的讲述/自述却存在大量平淡的语言和沉默："她们的所有传记'都利用了一种修辞——不确定性（incertezza）'，每位女性生活中的痛苦都没被提到，也没有提及她们的成功。似乎对于那些女性而言，唯一的确定性就是否定她们的成就和痛苦。"[(22)] 我引用海尔布伦的这段话就是邀请大家"开始说真话"。

因此，"假装"取代"存在"又带来一个更具体的问题：是什么导致女性跳过开始说真话这一过程，直接指向"不可言说"，从而摆脱假装？另一方面，那些投入媒介的王国（言语）的女性，她们频繁失败的原因是什么？

在谈到在父权制文化下女性言说自身经验遭遇的困难时，我提供了一个答案。但这个答案并不详尽，女性必须屈从于父权制下的（语言），女性表达的困境对于父权制是一种支撑，在我们的社会中很容易看到女性的话语，表面上她们的言说并没有遇到阻止。我想说的是，父权制不仅仅是原因，也是结果。

[①] 卡罗琳·戈尔德·海尔布伦（Carolyn G. Herbrun，1926—2003），美国作家，女性主义文学先锋，以阿曼达·克罗斯为笔名，出版了多部以女性为主角的热门悬疑小说。

因此我们必须审视这个僵局,从它内部寻找答案。认为存在源于虚无,并结束于虚无,这种现代文化的典型虚无主义是对经验提出问题的虚假解决办法,虽然虚无主义是对真实的问题提出了虚假的解决方法,用虚构代替了存在。之所以会出现这个问题,是因为缺乏象征权威。也就是说,我们缺乏一种权威,它能够肯定事情的真相,就像语言所拥有的权威一样,我们通过学习说话来掌握这种权威。

没有这种权威,我们并不一定会失去语言表达能力,但语言表达能力就是为了掩盖另一种基本能力的不足——我把它称为"象征能力",象征能力包含媒介及媒介的必要性的认识。人类(我们称为"理性动物",但准确来说应该是"象征动物")需要媒介,不仅仅是为了知道遥远、不在场的事物,也为了知道近处、在场的事物。

"不确定性修辞"这个表达非常妙。事实上,象征的无力会对语言层面产生影响,它会让女性言说者产生一种不确定性。她们不确定文字是否可以真实表达她们的想法,为了战胜这种不确定性,她们去寻找各种策略更清楚表明自己的想法。比如说,女性在表达时着重强调的往往是一些最显而易见的东西,却对最重要的事保持沉默。最终,模仿就成了她们的权宜之计:她们讲述一件事时,不是讲述事情的原本,而是会说出其他人说的,或者其他人可能会说的,依赖别人说出想说的。

这种形式的虚无主义,也源于一种文化消除——女性与母亲之间的关系体验被抹除了。我们从母亲那里学习说话,她是语言的保证,保障了语言可以说出事实的能力。因此,语言的权威其实与母亲的权威密不可分。但在我们的成年生活中,她没有权威,我认为这就是我之前提到的象征无力的根源。因为或许对一些人,或者说一些女性(比如我)来说,如果没有母亲的权威,就不存在权威,而母亲权威的缺失让语言和现实相互关注的意义也消失了。这样一来就会导致一个结果,对他们来说,语言永远也无法达意。所有媒介(语言)都需要协助,否则会陷入不可信的境地,因其自身的脆弱性受到怀疑,被无声地否定。假装就像批判一样,表达了这种不断的援助和否定,推翻又重来又推翻,没完没了,就像一张织不完的布。

我想,有没有可能让佩内洛普①停止在织布机上辛劳而枉然的工作?或许,更现实一点来说,我们变回女童,或许能在成年生活里重新经历一次我们与母亲的古老关系,让她成为象征权威的起源。

---

① Penelope,古希腊神话中奥德修斯的妻子,她在织布机上白天织布,晚上拆掉,拖延时间,等待丈夫的归来。

注　释

（1）艾德里安·里奇提到了一张女性主义宣传画中的生育比喻："在当代女性主义运动的叙事中，有很多关于妇产、生育的比喻。一张女性主义大字报上写着这样的口号：我是自己生出自己的女人。"（*Nato di donna*, trad. it. di Maria Teresa Marenco, Garzanti, Milano 1977, p.185）我们把这句话和女性生育放在一起，这个比喻中也夹杂着现实的成分。我放弃用母亲的作品进行比喻，结果是不是同出一辙？是的。这让我们看到我们的所有行动，包括生出自己，就像对于出生的完成：这种情况就是重新加工母亲的作品。露西·伊利格瑞采用了同一个比喻对俄狄浦斯情结进行了反思。她说，对于男性来说，弑父也许并不意味着想要取代父亲的位子，而是要压制那个切断自己和母亲关系的人，完全占有创造的权力。在这种情况下："勃起并不是无所不能，是脐带关联的男性版本【……】男性通过这种方式让自己来到这个世界，成为有性别的成人，可以进行性行为，发生肉体关系。"她接着写道："对于女性来说，也有必要这样让自己来到这个世界。"（*Sessi e genealogie*, trad. it., La Tartaruga, Milano 1989, pp.27—28）

（2）这种对立已经刻板化了，没有突破理想主义和现实主义的对立。对于母亲作品可能的转换和重造，母亲的成果就是制造一具活的身体，并教会他/她说话。我可以肯定，这两项操作是决定性的，也是唯一的、不可逆转、不可分离的。无论是通过思考还是通过技术，我们可以拆开重建所有一切，除了我们的身体存在和母语——没有这两样，我们无法开始做任何东西。对于所有哲学的开端-根基，最简单的批评在于我们思考时用的是一种后天习得的历史语言。亚历桑德罗·曼佐尼（Alessandro Manzoni）批判笛卡尔和他的追随者没有意识到，作为人"他会在别人那里学会你们期待他自己发现的东西，从别人那里接受（他通过的途径不仅不是他发明的，他也发现不了，一个人也无法操作）你们一心希望从他的智慧萌发的，那是系统留给他或从他那里剥夺的。"（我强调，这个"途径"很明显就是言语。）(cit. da Lia Formigari, *Le sperienza e il segno*, Editori Riuniti, Roma 1990, p.203)

（3）有几个美国思想家让后结构主义批评思想成为女性主义的最好理论。琼·瓦拉赫·斯科特（Joan W. Scott）写道："我们需要一种理论，可以分析父权的机制和所有表现（意识形态、体制、机构、组织、主体），不仅仅考虑到父权的延续性，也要考虑它在时间中的变化。我们需要一种理论，让我们可以用多样性和多重性，而不是普遍性和多重性来思考问题。我们需要一种理论打断（西方）哲学漫长传统的坚实概念，它们系统性、反复地构建了一个等级社会，在其中男性是普遍存在，女性是特例。我们需要一种理论让我们可以用另一种方式思考（采取行动）性别，不用只是简单地突出过去旧的等级，或者确认它。我们需要一种理论，可以对政治实践有重要作用。"在这个前提下，作者认为"后结构主义提出的理论主体对应所有上述的要求"。（*Conflicts in Feminism*, edited by Marianne Hirsch & Evelyn Fox Keller, Routledge, New York & London 1990, p.134）这是个理智主义的例子。作者怎么能够认为一组根据社会背景、不同的目的和兴趣构建的理论，它们与女性对自由生活的追寻无关，如果不是说对立的话，是女性需要的理论呢？从总体上说，一个作者依据后结构主义的思想，如何可以独立于社会和政治事件来构造一个可以像帽子那样戴在头上的理论？我在特瑞莎·德·劳瑞蒂斯的《三角的本质，或认真对待本质主义的风险：意大利、美国和英国的女性主义理论》一书中找到了对这种理智主义的批判和修正。（*The Essence of the Triangle or, Taking the Risk of Essentialism Seriously: Feminist Theory in Italy, the U.S., and Britain*, in *Diferences. A Journal of*

Feminist Cultural Studies, Indiana University Press, Summer 1989, pp.3—37.）

（4）Kant, *Prolegomeni ad ogni futura metafisica che si presenterà come scienza*, trad. it. di P. Carabellese, Laterza, Bari 1990, pp.118. 126. Ricavo l'accostamento fra madre e cosa in sé da J. Lacan, *Le Séminaire livre VII*, Seuil, Paris 1986.

（5）Kant, *Critica della ragion pura*, trad. it. di G. Gentile e L. Lombardo Radice, Laterza, Bari 1963, p.249.

（6）Adrienne Rich, *Nato di donna*, cit., p.227.

（7）Ibid., pp.227—228. 引用的段落在《母亲和女儿》这一章里，里奇说："这是这本书的核心。"此外她还写道："对我来说，很难谈论我的母亲，无论我写什么都是在讲我的故事，是我对于过去的回忆。假如她要谈论自己，其他景色会得到呈现。但在我或者她的风景中，还存在着宽广的领地，被依然燃烧的怒火占领。"（第224页）这确认了我的论点，她的思想深处还是有对母亲的排斥，这在很多人的故事中都能看到。在之后，作者又谈到了"情感的暗流涌动"，和我谈到的象征失序呼应。

（8）关于存在意义的讨论我主要引用了以下几本文献：M. Heidegger, *Essere e tempo*, trad. it. di P. Chiodi, Bocca, Milano-Roma 1953; Edith Stein, *La filosofia esistenziale di Martin Heidegger*, trad. it. di Annalies Neumann e Antonio Brancaforte, Catania 1979; E. Severino, «Ritornare a Parmenide», in Rivista di filosofia neo-scolastica, 1964, fasc. II, pp.137—175; G. Bontadini, *Sozein tà fainómena. A Emanuele Severino*, in *Conversazioni di metafisica*, 2 voll., Vita e Pensiero, Milano 1971, vol.II, pp.136—166. 存在意义的问题很难，是个基本问题，因为这里决定着真/假，正确/错误，有益/有害，等等。有一个问题是，存在有没有意义，事情是怎么获取、失去和改变意义的。事情的意义由文化规则决定，但文化规则会发生变化：怎么变化？变化是盲目的吗？很明显，我们不能进行对照，比如对比不同的道德判断（或者审美等等），如果这些判断是根据不同的文化准则制定的。对于真/假也是同样的情况：要太阳围绕着地球转，在某种意义下，"围着转"在某种真/假的存在意义上并不是假的。另一方面，决定或接受太阳围绕着地球转不是真的，这不仅仅是简单的规则改变的结果，也是它的原因。确认地球围绕着太阳转，这实际上改变了看待现实的方式。我们因此面对的是一种如果没有到来就无法发生的改变；用另一句话来说，哥白尼的理论是文化规则发生变化的原因和结果。就这样，在我们知道的哥白尼革命的历史过程中，存在那么一个点，合理和真实

是重合的。在这里我想提到查尔斯·桑德斯·皮尔士的一句话,也是我信守的格言:"这不是形而上学的问题,只是逻辑问题。"

(9)说实话,我没有确切的材料可以肯定弗洛伊德是在"形而上学"的基础上打造了"超心理学","超心理学"似乎是弗洛伊德首先用到的名字,也就是后来的精神分析。1898年,弗洛伊德在给罗伯特·弗里埃斯(Robert Fliess)写道:"我很严肃地问你,对于我超越了意识的心理学,能不能用'超心理学'这个术语。"另一个方面,大家都知道"形而上学"可能来自亚里士多德的作品编号,换言之,亚里士多德对形而上学的论述是在对物理学进行论述之后。这个词的原型是个转义,这是个很有意思的信息:这是背景在意义上留下的印记。同样,我想要解释爱母亲的意义,也运用了形而上学,这是因为哲学学院教授的就是形而上学:在我谈论形而上学时有我个人经历的印记。

(10)爱因斯坦在自述中写道:"是马赫在他的《力学史》中撼动了这种教条信仰(在作为物理学基础的力学):当我还是学生时,他的书对我产生了深刻影响。现在我承认马赫的伟大,因为他永不屈服的怀疑主义,还有他思想的独立;但在我年轻的岁月里,我深受他的认识论立场的影响，但今天看来那是难以维系的。实际上，他不会用正确的眼光看到思想的纯理论和构建的本质；他正是因为思想很明显的构建-思辨特点而抨击它。"实际上，恩斯特·马赫明显的意图，后来在维也纳的圈子里被提起，就是要把形而上学从科学中去掉。

（11）葛兰西写道："如果没有人，那这个宇宙的现实会有什么意义？所有科学都和需求、生活以及人类活动相关。如果没有人类活动，所有价值，包括科学价值的创造者，那'客观性'会是什么？"一片混沌，什么都没有，也就是一片空洞。如果可以这样说，因为实际上，如果想象人不存在，那就无法想象语言和思想。对于那些实践存在的哲学，存在无法脱离思考。葛兰西在抨击现实和思想脱离的假设，他和《马克思社会学的人民手册》的作者尼古拉·布哈林（N. Bucharin）进行争辩。从葛兰西身上，我学到了把哲学当成"物理"和形而上学之间的桥梁（他对语言的使用和我不同）。他的哲学充满着星星点点源于哲学之外的思想，这些概念被引入哲学，就好像我在学会爱母亲中所采用的方法一样。对于他来说，很明显哲学不用划定一个范围，和别的学科划清界限，而是促进人和研究领域对于语言的运用，促进真理的可言说性。也就是象征秩序。我的"引入概念"的理念源于葛兰西，但参考了古斯塔沃·邦塔迪尼对创造的概念的表述，他从希伯来-基督教的传统里提取了这个概念，然后应用到哲学里，来解决生成的矛盾。古斯塔沃·邦达蒂尼写道："这是一种非逻辑的、象征的概念。'引入的'确实是这样，因此被一道阴影围绕着：但依然是一个让人无法放弃的概念。"我们可以说葛兰西在哲学中"引入"了整个历史，他引入了哲学之外的大量概念。

（12）G.Bontadini, op.cit., p.145.（在我看来他的重要著作是：*Per una teoria del fondamento*, in *Metafisica e deellenizzazione*, Vita e Pensiero, Milano 1975，pp.3—34）。古斯塔沃·邦达蒂尼与塞韦里诺进行了辩论（《回到巴门尼德》），他写道："实际上，巴门尼德存在于柏拉图和亚里士多德身上【……】因为，必须重申没有这种存在，就无法解释形而上学思想的历史运动。柏拉图的'chora'和亚里士多德的'yle'也体现了巴门尼德的存在，因为纯粹的经验主义者不需要这种'引子'来解释非理性。"（p.146）为了说明我与邦达蒂尼之间的距离，我可以说，我接受了一种古典哲学无法想象的东西，即感性超验的概念（这一概念来自露西·伊利格瑞，尽管我没有找到对应的地方）。西蒙娜·薇依在《伦敦文稿》的最后几篇中通过语言和直观形象提出了这一概念。我将借用薇依的话来阐释它。这位哲学家提到了一本爱尔兰小说，小说讲述了一个女人，她的弟弟被判处了死刑，在目睹了行刑过程之后，她回家吃掉了一整罐草莓酱，作为一种生命反应，后来在她的余生中，她甚至无法忍受别人提及草莓酱。薇依评论道："这种把情绪转化到惰性物质上的力量，是真实情感所特有的。对于生活在这个世界上的人来说，感性物质——惰性物质和肉体——是过滤器、筛子，是思想中真实的普遍标准，涉及所有思想的领域，无一例外。物质是我们无懈可击的法官。"然后，她谈到了"物质与真实情感的结合"，由此产生了"食物在重要场合、节日、家庭或朋友聚会等中的重要性，以及特殊食物如圣诞节的火鸡和糖渍栗子等的重要意义"。她总结道："节日的欢乐和精神意义在于庆典的特殊甜点。"(*La connaissance surnaturelle*, Gallimard, Paris 1950, pp.336—337)。在我看来，"感性超验"这一概念意味着与母亲关系的最初位置，出现在肉体/精神、物质/观念之前；因此它的方向是克服唯心主义（或精神主义）与唯物主义之间式微但并未超越的对立。

（13）我不是神秘主义文献的学者，只是个普通读者。我在这里所写的关于神秘主义思辨的内容是基于我对圣蒂耶里的威廉、安特卫普的哈德维奇、玛格丽特·波莱特、埃克哈特（Guglielmo di Saint-Thierry, Hadewijch d'Anversa, Margherita Porete, Eckhart）以及《意大利神秘主义文选》（*Scrittrici mistiche italiane*, a cura di Giovanni Pozzi e Claudio Leonardi, Marietti, Genova 1988）的阅读。在我看来，对于神秘体验，人们可以而且必须以哲学的严谨来谈论体验，但这需要我们的哲学-科学传统重新思考，首先是从概念的角度［正如我所熟知的两位学者格雷戈里·贝特森和弗里乔夫·卡普拉已经着手做的那样，也正如埃尔维奥·法奇内利（Elvio Fachinelli）在其最新著作《出神的头脑》（*La mente estatica*, Adelphi, Milano 1989）中着手的那样］，另一方面是从构成文本和文本权威的角度出发，正如我想以自己的微小力量实现非常大的目标——即重写哲学史，以便女性经验的思想能够进入哲学史，正如克拉丽丝·李斯佩克朵所说的格言：整个世界都必须改变，我才能融入其中。

（14）E. Severino, «Ritornare a Parmenide», cit., pp.137 sgg.

（15）H. Kelsen, *Teoria generale del diritto e dello stato*, trad. it., Co-munità, Milano 1963, quarta ediz., p.426. 凯尔森带着一种不信任的态度写道："只是因为人对自己的感官和理性缺乏充分的信任，很显然他会在这个知识世界中感动不安，那是他为自己创造和布置的。只有这种对自我的低估，才会使他认为他的自我所认识的世界只是一个片段，是另一个世界的分支【……】。没有什么比试图用'没有给定的'解释'给定的'东西、用'不可理解的'解释'可理解'的东西更成问题的了。这种认识论状况的心理背景也同样充满矛盾：'我'的意义减弱，使得人类精神的功能退化为纯粹依赖性的、完全没有创造性的复制。"（pp.426—427）我们可以讽刺这种对男性、资产阶级、西方的"我"的低估，但我认为，虽然凯尔森提出的解释不全面，但并不虚假。

（16）G. Bontadini, *La deviazione metafisica all'inizio della filosofia moderna*, in *Metafisica e deellenizzazione*, cit., p.45.

（17）E. Severino, «Ritornare a Parmenide», cit., p.143: 本体论从一个与存在"解除了关系"的一种"失势"存在出发【……】；它从一个消极的积极性出发，因此对存在的意义变得迟钝，开始寻找它在自身中未能发现的东西。

（18）Clarice Lispector, *La passione secondo G. H.*, trad. it. di Adelina Aletti, La Rosa, Torino 1982, p.5.

（19）Op.cit., p.164.

（20）Op.cit., pp.160—151。可以将《G.H. 受难曲》中的这些段落（以及其中的神秘主义文化）与查尔斯·皮尔士关于"原初性"的论述放在一起，或许会有所启发："现在让我们考虑一下，如果当下的存在完全脱离过去和未来会出现什么情况。由于没有什么比绝对的当下更神秘，所以我们只能猜测。当然不会有任何行动【……】，可能会有一种意识，或情感，没有自我的持续时间；这种感觉可以有自己的基调【……】。这样，世界就变成了一种未经分析的感觉。这里绝对没有二元性。我不能称之为统一性，因为统一性也以多元性为前提。我可以把它的形式称为原始性（Primità）、定向性（Orienza）或起源性（Originarità）。那是一种不依赖于其内或其外的任何东西，摆脱了任何力量或任何理性的东西。现在世界充满了这种不可靠、自由的原初性元素……"（*Semiotica*, cit., p.96; corrisponde a Collected Papers 2.85）除了其他考虑之外，还应该注意到在李斯佩克朵那里，"原初性"是在"语言失败"，也就是媒介的失败之后达成的，这是皮尔士的第三个范畴（首先是二元性，其次是起源性）。但一旦有了媒介，就不存在绝对的前与后。必须牢记这一点才能理解，神秘主义并不是或者不仅仅是媒介专制的绝对终结，而是后者的加强，正如神秘主义文学的存在本身所表明的那样。

（21）玛格丽特·波莱特说：关于上帝人们可以说

的、写的一切，或者想的——更多时候是说的，总是谎言比真话多（*"tout ce que l'en peut de Dieu dire ne escrire, ne que l'en peut penser, qui plus est que n'est dire, est assez mieulx mentir que ce n'est vray dire"*）（Marguerite Porete, *Le mirouer des simples ames*, edité par Romana Guarnieri, Corpus Christianorum Continuatio Mediaevalis LXIX, p.334）.

（22）Carolyn G. Heilbrun, *Scrivere la vita di una donna*, trad. it., La Tartaruga, Milan 1990, p.21. "不确定性修辞"最初是帕特里夏·斯帕克斯提出来的。"开始说出真相"是美国符号学家特瑞莎·德·劳瑞蒂斯（Teresa de Lauretis）对提高意识的政治实践（在意大利被卡拉·隆齐称为"自我意识"），以改变与既定现实的关系，使女性的经验得以言说的呼吁（cit., pp.48—49）。海尔布伦评论道："简单来说，我们必须作为一个群体，开始互相说出真相。"因此我对于"虚构"与"不可言说"之间的"通道"的理论化，不是一个自发的决定，而是在自由改变的社会环境中发生的，这要归功于此。

第三章

语言，母亲的赠礼

几乎所有人，包括我，都认为人一生中最重要、影响最深远的经历都发生在生命的最初岁月，集中在我们和母亲的关系上。

这个想法这样说出来可能不够严谨，很可能会受到质疑。但我知道这一点很显而易见，所有反对意见都可以被推翻。事实上，我们赋予了童年经验无与伦比的重要性，反映了我们文化的深层指向，布罗代尔[①]称之为"长时段历史"[(1)]：这种思想在现代社会初期开始显现，在浪漫主义文化中的形成发展起来，但并没有随着浪漫主义的式微而消失，甚至到今天还在延续[(2)]。总而言之，对于我们来说这已经成为无可辩驳的观点，但这并不意味着它永恒不变。这种观点要持续还是要改变，并不取决于我们的

[①] 费尔南·布罗代尔（Fernand Braudel，1902—1985），法国年鉴学派第二代著名史学家。他认为历史可区分为短时段、中时段和长时段（longue durée），认为历史学家更重要的是研究长时段的发展。

讨论。我们可以丰富它，可以努力让它的形式更有逻辑，或者让它表达的真相更透明，就是让大众普遍接受的真相——它的道理所在，与其他因素相结合。要达到这个目标，也需要看到反对意见。

我们认为童年经验很重要，面对如此强烈且普遍的信念，我们却不知道如何把这些经验利用起来。我们懂得如何研究它，却不懂得运用它，不知道如何使它成为我们真正的经验，和其他经验融会贯通，也没有把它转化成有用的知识，让它像我们认为的那样重要。

我不是第一个提出这个判断的人。艾德里安·里奇在《生于女人》的引言中写道："在我们的整个生命中，甚至包括死亡，都保留了这种经验的印记。然而奇怪的是，很少有材料可以帮我们理解它，并让它为我们所用。"[3] 或许我们并不缺少能够帮助我们理解它的资料，无论如何，这种资料一直在增加，然而我们还是缺乏运用这种经验的能力。

我将用普遍的疾病和贫困为例来说明这种匮乏，除了社会不公造成的贫困——对这种贫困我认为唯一的解决办法就是反抗不公。然而面对由疾病、残障和衰老而导致的贫困，我们又如何来应对？模仿儿童也许是个不错的办法。那些小男孩小女孩，只需要给他们一点点有利条件，他们也能够把自己的"需求状态"（stato di bisogno）变成一个真正的实验室，实现自身和世界的认识转变。然而人们认为这种反应有点屈辱，他们更喜欢别的方式，更为虚弱无力的方式。这种伟大又有益的行为模式深深铭刻在我们的成长经历里，为何在文化上无法运用？

我刚才说的并不确切。前语言阶段教会我们源于心理分析的审美，艺术会把这种审美呈现出来。我想到的是一种更为普通的应用，可以融入平常的生活经验中。事实上，艺术也支持那种深刻影响我们的童年生活的强制分离，在过去的一百五十年里，艺术和童年越来越隔离。

艺术是让我们重返童年早期经历的关键，除了它之外，唐纳德·伍兹·温尼科特[①]还将宗教和哲学涵盖在内，从而对应了黑格尔提出的绝对精神的三个方面。[(4)]

温尼科特是一名精神分析学家、儿童心理学家，他的思想与伟大的梅兰妮·克莱因很接近。他属于少数在谈论儿童早期经历时，不把它与其他人类经历隔离开的思想家。哪怕是对童年不感兴趣的人来说，阅读他的书也很有启发性。从某种意义而言，他是我所说的那种哲学家，懂

---

① 唐纳德·伍兹·温尼科特（Donald Woods Winnicottt，1896—1971），英国儿童心理学家、精神分析学家。

得从"物理学"和真理符应论出发,走向形而上学,通过词义呈现真理。正如他写道:"世界由每个人重新创造,从人出生的那一瞬间、第一次理论上的喂食起,就开启了这项任务。""第一次理论上的喂食"[5]也是个杰出的哲学发明。

在把童年经验并入人类经历至少存在两个风险。第一个风险众所周知,就是简化问题,就是把我们对童年的了解,或自认为的了解当作一把"万能钥匙"(passepartout)。

第二个风险不太明显,但在我看来更严重。这种风险就在于我们最终会把前语言阶段的经历——即我们把母亲的身体、思想和欲望当作我们的身体、思想和欲望——看作是唯一真实的人类经历,其他任何经历对我们来说都是无用、虚假的。这是一种古老的心理现象。巴门尼德认为存在的意义就是人作为一个整体、不变、积极的存在,他认为经验是一个多重、多变的世界,也是一个由名字构成的虚幻世界,正如的他在作品中所说的那样。[6]

只有一种人会冒第二种风险,他们不从过分表面、伤感或囿于专业的视角来看待童年经验。从另一方面来说,也只有这些人能够真正解释童年经验,但在掌握了童年科学的同时,他们也失去了解释的兴趣。

那么从这个角度看,温尼科特的观点是什么呢?温尼科特并不是我很熟悉的作者，但接下来我需要借用他的作品来阐述，以免我的论述过于冗长。不可否认，温尼科特就属于我刚刚描述的那种人，不同之处在于，他解释了对儿童早期经验研究获得的"科学"成果，但他只解释了一半。

我重新提及一下刚才引用的"世界是由每个人重新创造的"。温尼科特解释为，婴儿创造的世界很大程度上取决于母亲的创造，是她当时为了适应孩子的需求呈现给孩子的，但如果没有孩子的创造，那么母亲提供给他的就毫无意义。这是一种精确的科学理论，我们可以从中看到宇宙论和神学的影子。但共同创造者（coppia creatrice）的性别是男是女，会影响这一理论的意义。

接着作者从头说起，一切理论、宇宙论、神学顷刻都坍塌了。他写道："我们知道，世界在孩子出生之前就已经存在了，但孩子并不清楚，所以刚开始他会产生一种错觉，认为他发现的一切都是自己所创造的。"这里的"我们"指的是谁？温尼科特继续说："慢慢地，孩子会达到一定的智力水平，会明白这个事实：世界经验先于个人经验。"也就是说世界的存在先于个体，这一点不可否认，而明白这一点就达到真正的思想上的成就，但世界的创造（温尼科特似乎忘了他还说过这句话）并不是个体的作品，而是母亲和孩子合作创造的作品。

孩子就像"我们"（noi）一样，确信世界独立于我们而存在，自认为是世界是创造者的经验也只是一场幻觉。温尼科特补充说，这种幻觉会留下一些痕迹，即"世界是主观创造的……感觉。"我要补充的一点是：留下一些痕迹总比什么都没留下好。温尼科特亲手摧毁了他的哲学中最好的部分，在这个废墟之上为"知道世界早就存在"的"我们"腾出了空间。不知道从什么时候开始，温尼科特发展出一种虚无主义观点，按照这种观点，"在外部现实和我自己之间，没有任何直接连接，有的只是幻觉"。[7]最后，温尼科特也陷入了巴门尼德综合征，引入假定清醒、有意识的"我们"也无法挽救他，实际上他没能逃过教条现实主义的贫瘠观点。他对童年视角（这是他构建的，很令人敬佩，我们应该记住这一点）的任意介入，用一个可怕的"我们"来解释，并将之普遍化为整体人类经验中的一种。这其实是一场幻觉。

显然我们还需要回过头去反思一点：源头的创造者经验。这里不是指通常意义上的主体，而是一个与生命母体相连的主体，主体区别于母体，但无法与母体的关系区分开。因此这不是一个主体和母体之间关系的问题，而是存在和存在的关系，我建议好好思考一下。然而这是一段动态的关系,既非同语反复式,也非自我指认式,我想我可以理解为所属关系。在某些条件下,部分存在可以和存在本体处于一种创造性的关系中。

要深入这一主题,我们的道路被一个事实(为了方便,权且称之为事实)阻挡,这在温尼科特的文本中很明显,在我们的文化中可以读到很多类似的东西。这个事实就是,这一对最初的创造者组合(从神话角度来说:我已经解释了,这不是真正意义上的组合),视角是由孩子(男童或者女童)与母亲的关系构成,但这个视角很快被唯我论、个体论("我")或是集体("我们")的角度所取代,唯我论的主体开始批判我们与母亲之间的古老关系,无视自己也是最初经验的承载者。它无意识地鄙视这种经验的潜在真理,存在于对"存在"的真实感受经验中——如果这些话有意义:那么我从神秘主义经验给我们提供的"镜子"中追寻它们的意义。

我认为,我们之所以丧失这种角度,原因可以追溯到我们无法利用童年的资源来解决人类整体生命存在的目标和问题。

但这种失去本身该如何解释?回答这个问题很容易,但很难用三两句话说清楚。因为答案需要在诸多理论、形象、仪式和习俗中找寻,它跨越了几个世纪,包含无数细微的差别。粗略概括一下,答案可以这样呈现:正如文化让我们和自然分离,为了进入社会和符号秩序,我们就必须让自己与母亲分离、抛弃与母亲的关系经验,这种分离的施动者就是父亲。换句话说,象征的独立必然以失去"世界创造者的组合"的视角为代价。

因此我前面提到的"事实",对应了符号秩序的一个结构特点,我们与生命母体之间的关系经验无法自我表达,也无法形成一个视角:由此我们只能用一种不合适(或多或少)的视角和工具,挖掘这种经验,因为这种视角和工具来自一种象征秩序,在这种象征秩序中,我们与母亲最初的关系不再发生,也无法发生。

这也充分解释了这种古老、不可复制的经验的伟大之处,但这种经验无法与生命中的其他经验融合。

所有这些都听起来都很有说服力,但不是真的。它不是真的,原因很简单,我们通过母亲或母亲的替代品学会了说话,我们学会说话不是为了增加或者补充什么,我们学到的是与母亲进行具有生命力的交流,这是最核心的部分。

我上面提到的"事实",没有任何事实和必然性与之呼应。然而要进入言语者的秩序里,很显然必须与母亲分离,在我们的文化里,这是再清楚不过的事实。我想到了我的朋友 D.B.，她是位母亲，有两个女儿和两个儿子，四个小孩都是由她一手抚养长大的，丈夫、父亲基本缺席。尽管如此，她还是相信孩子是从父亲那里获取了语言。她掌握的事实清楚地告诉她，母亲可以为她的孩子提供的只是象征存在中的"第三位"。但这些事实永远不够，因为"真理符应论"无法单独靠事实成立，需要有形而上学（或者"逻辑"，如果你们更喜欢这个词）的真理。我的朋友 D.B. 从来不曾想过，正如存在无法与思想分离，生命的母体也无法与语言的源头分开。

我们要从这个角度来看待这些事实。我们在学会说话之前的生活是在学习说话的生命阶段。我们出生的那一刻是决定放弃子宫内舒适的生活，决定出世是为了获得在母体里没有的东西：空气和呼吸，这两者对于发声都必不可少。最后胎儿在子宫内的生活就是不断倾听各种声音，首先就是母亲的声音，母亲可能在邀请胎儿模仿她，所以胎儿才想出生。

自然，上面都是我的假设。也许我刚刚说的关于童年早期的经历有一定道理，但我对此知之甚少，和一般的成年人知道的差不多。但我们并不需要什么特殊技能也知道，一个怀孕的女人，当她接受自己怀孕的那一刻，她首先想到的就是自己的孩子，这种关系产生的第一时间，就开启了"第三"性（terzità）——就像皮尔士①对符号的性质的描述[8]。

我只了解一种语言学理论可以对应我的定理：对我们来说，生命的母体也是语言的母体。这个理论来自朱莉娅·克里斯蒂娃②，她在《诗歌语言的革命》的第一部分中对此有所阐述。这个理论很复杂，但值得我们深入了解。其理论核心是"chora"的符号概念。"Chora"源于希腊语，这个词有很多个意思，其中一个意思就是"容器"。柏拉图用它来隐喻子宫，说明在上帝进行创造之前，现实没有秩序，也没有统一性。对克里斯蒂娃来说，"chora"是容器（还不能说地点和时间），在这个容器中，符号生命得到最初的发展，克里斯蒂娃称之为"符号化"[9]。

要知道，对于克里斯蒂娃来说，符号的生命有两种异质模式：符号和象征。象征模式需要它的主体和对象。而从逻辑和时间的角度，符号先于象征诞生；从遗传角度，

---

① 查尔斯·桑德斯·皮尔士（Charles Sanders Santiago Peirce，1839—1914），美国哲学家、逻辑学家，创立了哲学实用主义。在其关于思辨语法的定义中，其确立了三种相互关联的普遍符号三分法，每个三分法根据所涉及的现象学范畴分为：第一性（感觉的性质，本质上是一元的），第二性（反应或抵抗，本质上是二元的）或第三性（表征或媒介，本质上是三元的）。
② 朱莉娅·克里斯蒂娃（Julia Kristeva，1941— ），法籍保加利亚裔哲学家、文学评论家、精神分析学家、社会学家及女性主义者。

符号类似梅兰妮·克莱因描述的孩童成长早期的本能生活，由一些基本功能构成，连接和引导着我们的身体与母亲相连。这个阶段不存在主体/客体的区分，也并无秩序可言，但会有一些有张弛节奏的过程，并且以母亲的身体为媒介受到生理和社会制约。

克里斯蒂娃的理论大部分是在处理诗歌创作中符号与象征的关系。我们可以先不谈诗歌，除了她强调符号对于语言习得和实际生活的重要性的部分。但她说的符号总是在象征的内部，事实上，符号总是存在于象征之中，需要通过象征，因此我们无法直接进入符号。

克里斯蒂娃多次强调，在符号和象征之间存在着不连续性和异质性。它们由一条界线隔开，即所谓的"设定切割"（taglio tetico），我们有可能越过这条界线，但在普通条件下不可能。艺术可以，梦也可以，否则就是疯狂，"主体"是象征性秩序的门槛。

这一理论的最后一部分我并不赞同。克里斯蒂娃似乎认为，象征的独立——学会说话这件很简单的事，必然要以丧失与母亲古老关系的视角为代价。我的观点与她相反，我认为象征秩序必然要在与母亲的关系中开始建立（否则永远都无法建立），把我们与母亲隔开的这种"切割"并不是象征秩序的需要。

在克里斯蒂娃的论点中，我赞同符号被象征掩盖的那部分。换句话说，这是真的。主体的构建和发音清晰的语言的出现，确实遮蔽了之前我们主动、连续地与母亲，也就是我们和世界、存在建立关系的阶段。

但我们必须探讨这种遮蔽的原因。以我的个人经验来看，这种符号的掩盖的源头是缺乏理论的支撑，它拥有一些标志性的特点：一种切割、无法挽回的丧失（除了进行艺术创作或精神分析疗法等特殊实践，以及病态的倒退），这种掩盖让我的朋友 D.B. 看不到自己和子女共同创造的作品。我指的理论，从字面意思上就是让人看到事实的文字。之后，由于我和其他女性还有我的性别本身的关系发生改变，我找到了语言，看到了我生命的连续性。在这个过程中，有很长一段时间，我几乎是无意识地一直与我母亲，或是母亲的替代品去辩论争取象征独立的条件，让我在童年早期阶段获得的东西得以延续。这些都基于我在前面引用的学者那里所学到的知识，比如温尼科特，他反复谈及婴儿和母亲"达成协议"(venire a patti)[10]。

于是我想，克里斯蒂娃赋予"设定阶段"(fase tetica)[①]，

[①] 英文对应的处理是 thetic phase，对于这一概念中文译法不一，诸如"静态语言""正论"等。Thetic，对应于古希腊语 θέσις 及其动词形式 τίθημι，其词义有安放、放置、设定、创立、奉献、分配、授予等。

也就是主体身份认同阶段的某些特征,是否具有一种性别——即男性的,还有一种文化——即父权制文化的特征。

在谈论所谓的"俄狄浦斯三角关系"——弗洛伊德所认为的家庭结构时,艾德里安·里奇写道:"俄狄浦斯三角关系的第三个要素就是父权。"[11]这不是肉身的父亲,也不是纯粹象征意义上的父亲,而是某种类型的社会和权力组织。我认为这个表述很精准。

克里斯蒂娃多次引用的拉康应该也接受这个观点。拉康不像弗洛伊德那样把历史事实看作是独立因素。对拉康来说,我们被象征所操控(macchinati),而历史就是操控(macchinazione)的剧场。同样我认为,克里斯蒂娃的"设定切割"指的是父权制统治下,男性窃取了母性力量,摧毁了母性谱系,把女性一个个嵌入到男性谱系中去——正如露西·伊利格瑞揭示的那样[12]。"设定切割"理论讲述的正是这一历史,就像它是真实的。但它让我们看到的并不是一种特定社会秩序的展示,它把历史改编成戏剧,让我们看到了其他东西。我列举了我自己的例子,当然并不特殊,它既不是艺术性的也不是病态的,高效地从社会秩序穿梭到符号学"容器",反之亦然。

因此,克里斯蒂娃的理论中强调符号的需求,也就是我们与母亲关系的最初体验的这部分是有效的。"设定切割"理论应该被视为被历史决定的符号秩序的表达。因此"真理要通过主体阶段才可能确立"这个论点需要得到修订。因为它只适用于真理符应论。同样,克里斯蒂娃认为诗歌艺术的对象"非真非假",我们应该把它视为真实,否则就没有诗歌艺术了[13]。

我们前进道路的障碍现在似乎已经清除了,与母亲的古老关系让我们对于现实有了长久而真实的观点。说它真实,并不是依据真理符应论,而是依据形而上学(或逻辑学)真理:不把思想和存在分开,且受到存在和语言相互交流的滋养。我们从母亲那里学会如何表达,这一论断定义了母亲是谁,以及言语是什么。

我在前面曾提到过,现在我想更深入阐明、验证这些论断的一项实践。这些论断需要验证,因为我们生活在这样的社会中:其中的女性会认为母亲在真正重要的事物面前是沉默的,是权力的掌握者,也是权力的顺从者。我提到的实践就是和母亲探讨象征性存在,母亲是验证者,同时也会改变现存的社会秩序以及象征的失序。实际上就是让母亲重新获得她在我们的童年中所占的一部分位置,让我们重新找回她。如果不是因为我们处在这样的社会里,那么我所说的都是不言自明的。确实在某种程度上,对于真理的展示是对存在的改变,真理的言说则是一种征服。

协商的实践合乎逻辑,源于一个乍看并不符合逻辑的假设,也就是学会说话,这是母亲赐予我们的才能或者说礼物。它是可以被召回的,这就是语言的僵局——礼物被收回。要想重新拥有它,那么我们就必须同生命的母体达成协议。

关于这一点,很快会有人提出反驳,无论他们怎么协调与母亲的关系,社会的不公都会导致有一部分人缺乏表达能力,有一部分人则能言善道。《致女教授的一封信》(*Lettera a una professoressa*,1967)的主题就是社会不公如何影响语言才能,众所周知,这本书是引领意大利1968年社会运动的开端文本之一[14]。

类似这样的不公确实存在。但我认为如果不建立象征秩序,就无法纠正社会的无序。我们在童年时期对母亲长久的依赖,一直是被鄙视的对象。这种鄙视给予我们一种象征的独立,让我们保持现状,不对其进行修正。1968年发生的事件也促进我们思考,我们要想改变现状,就必须懂得表达,这一点大家都明白,我再重复一遍,要知道如何表达,我们必须向母亲学习。

这是一种基本的协商,或许温尼科特的表达会更合适一点,即"达成协议"。

为了找到或重新找到语言,僵局是主体间或是社会环境导致的。首先要放下自己的符号独立——我在这里将其定义为对话语意义的掌握,有能力对这种意义进行保留或更改;其次是满足于可以表达的东西;最后就是依靠在场。罗曼·雅各布森①在其著作《语言的两个方面和失语症的两种类型》中谈到了一种语言障碍,这种障碍让说话者无法以某种方式给在场的东西,或之前刚提到或绘制的东西命名(15)。这种僵局已经剥夺了我们对语言的掌控,准确来说,问题不是放弃语言,而是接受失去它的事实,把这种失去看作是一种重获,重新找回最初的视角——我们还依赖母亲时的视角。

这并不等于倒退到儿童的情境。在某种情况下有倒退的可能,比如在治疗的背景下有类似倒退的机会。另一方面,我们可以在不倒退的情况下,有重新激活童年视角的可能。我们认为,童年的依赖其实从未停止,事实上,它在我们对社会和物质环境的依赖中得以延续。温尼科特以及其他学者也用"环境"来表示母子关系中的母亲。把需求放在首位并不是倒退,只要这种需求能够用文字表达,而且不必对其做出轻率的回应。

然而我正在描述的事,可能与其说是协定/协议,更

---

① 罗曼·雅各布森(Roman Jakobson, 1896—1982),俄罗斯语言学家、文学理论家。

像一种妥协。事实上，它类似于酗酒者的妥协——贝特森①对"匿名酗酒者协会"戒酒实践的深刻评论中谈到的。在这个协会里，所有人（不分性别）都相信自己可以通过个人意志来克服酗酒倾向，他们注定会陷入僵局，但恰恰是这个僵局会让他们通向健康。事实上，解放的第一步就是认识到自己的无能为力，只能依靠更强大的力量（按照你的方式诠释的"上帝"）给他们带来健康。

格雷戈里·贝特森评论说："在这种'妥协'前，酗酒者基于笛卡尔二元论与自身恶习斗争。这种二元论把意志，或者说'自我'，与人格中的其他部分分开。匿名戒酒者这个天才想法，'第一步'就是打破这种二元对立。"他说："从哲学角度来看，第一步不是妥协，只是认识论的改变而已，是在认识'世间的人格'的方式上发生了改变。而且重要的是，这是从不正确的认识论转向正确的认识论。"[16]

这段评论同样适用于我们与母亲的协商，即拥有在世上的思考和表达的自由，这关乎认识论的改变。这是一种思考，即生命的起源无法脱离语言的起源，身体也无法脱

---

① 格雷戈里·贝特森（Gregory Bateson，1904—1980），英国人类学家、语言学家、社会科学家、视觉人类学家、符号学家、控制论学者。

离思想。要从这个角度来思考：母亲和孩子之间的联系不是展示的对象，而是一种存在方式、一种习惯[17]。

但我的朋友F.C.对此的反驳是：母亲是无偿给予我们生命的人，我们为什么要就象征存在与母亲协商呢？我同意她的想法，我简单复述一下她的话：女人要想得到她需要的东西，最好先去找她的母亲，但我们为什么要为这样的财富——学会说话——去跟她协商呢？按照你的理论，学会说话是在生命之初，从母亲想着她的胎儿开始的，我们与母亲的关系中就发展出了这种能力。母亲开始想着胎儿时，不是就已经潜在包含了语言这一礼物了吗？为什么把语言的僵局解读为礼物的撤回，而不是从我们与母亲的关系之外去寻找原因？

这些疑问击中了我前面提到的看似没有逻辑的假设。面对这些疑问，回答应该是：我们并不是像获取生命、性别（女性或男性）、健康、美丽那样获取言语的，以上这些毋庸置疑都是我们从母亲那里获取的不可撤回的财富，虽然在之后的生命中，我们会以各种方式失去它们。我们只能通过与母亲的协商来获得言语，因为语言就是来回交流的成果。从根本上来说，学会语言意味着懂得在世界里催生一个世界，而只有在与母亲的关系中而不是通过与她分开，才能创造出这个世界。当然了，语言的僵局可能是由这种关系之外的因素造成的，但我们还是必须重新构建语言。那些外部因素，比如遭遇暴力、教育缺失、移民等，都会在一定程度上对言说造成无法挽回的伤害。

在索绪尔的《普通语言学教程》中，我们看到语言是言语能力的一种社会产物[18]。没有社会交流就没有语言，那么我们的"言语能力"就可能是空设的[19]。我认为，即使是言语能力，也就是我所说的"学会说话"，也是交流的产物，是与母亲交流的产物，这种交流产生的语言和社会交流产生的语言交会在一起，却由于差异性特征在结构上有所不同。

我觉得，语言的权威，就像讲话者的**权威**，在于它的特殊用法，貌似任意，但其实遵守了语言规则。我觉得，这种权威源于我刚才提到的不对等交流。

然而这种语言现象，即把一个特殊的用法变成通用规则，并不是语言特有的现象，它同样存在于法律领域。凯尔森在分析是什么让合同具有约束力时，把促使两人签订合同的原因与合同本身的约束性区分开来："具有约束力的合同和建立合约的过程——双方当事人一致的意愿表达，**构成了两种不同的现象**（着重为我所加）。"[20]在我看来，这也适用于语言。我认为，交谈的双方对等、平级地交流，这是建立在对母亲（或类似于母亲角色）权威认同上，这样可以使我们应对现实的各种情况。正是这种最基本的交流决定了一门语言拥有的特殊的规范性力量，也决定说话者个人（不论男女）所拥有的规范性力量。

我们所说的语言、掌握的表达能力，除了是说话者之间交流的成果之外，也是与母亲商议面对现实的结果。用"语言能力"来替换对权威的认可，我感觉这是一种很强烈的直观感受，我要进一步用论据丰富它。目前这还不是个完整的理论，尤其是我不知道怎样来准确描述这个问题，即把社会交流和我们与母亲的交流嫁接起来，比起长篇大论，我更想跟着直觉走。

如同任何直觉，我的直觉同样有一个稳定的核心，但它也是最无法用语言捕捉的部分。这个核心涉及三个术语：现实-权威-可言说性，以及这三个词的反义词及所有可能的组合。有一些组合是层层地狱；有些组合充满活力；有些直觉让人满意，因为它能抓住了充满生命力的组合。通过它可以看到现实进入可言说的世界，摆脱自我重复的束缚，变得不一样。这个组合受原则支配，构成了直觉的核心，按照这种原则，逻辑秩序既非先验，也非约定俗成产生，而是通过服从一种需要形成的。

注 释

（1） E. Braudel, *Storia e scienze sociali. La «lunga durata»*, in *Scriti sulla storia*, trad. it., Mondadori, Milano 1989, pp.57—92. 这篇文字我还会再次引用，文本中的思想为我的部分研究带来了启示，M.T. 富马加利·贝奥尼奥·布罗基耶里（M.T. Fumagalli Beonio Brocchieri）让我注意到一位中世纪女性哲学家和历史学家，她在《伊索塔的谎言》一书的序言出现过。(*Le bugie di Isotta*, Laterza, Bari 1987)

（2）关于童年重要性的范式，我参考了菲利普·阿里斯（Philippe Ariès）著名的《旧政权下的儿童与家庭生活》(*L'enfant et la vie familiale sous l'ancien régime*, trad. it.: *Padri e figli nell'Europa medievale e moderna*, Laterza, Bari 1976)。这一范式在本世纪得到了理论上的解释，尤其是在弗洛伊德和梅兰妮·克莱因的作品里。

（3） Adrienne Rich, Nato di donna, trad. it. di Maria Teresa Maren co, Garzanti, Milano 1977, p.7. 例如，相比于"需求"的问题，我们更倾向于回应（病人、残疾人，等等）"权利"的问题，伊丽莎白·沃尔加斯特最近出版的

《正义的语法》(*The Grammar of Justice*, 1991)指明了这一点。我写道:"对于女童和男童的模仿,作为一种实际的回应,在文化上是被我们排除在外的。"这显而易见,但为什么它会给人带来一种屈辱感呢?我们知道,《圣经》的福音书中建议我们效法小孩子,这已被追求成为完美基督徒的男男女女所接受。其中最著名的是特蕾莎·马丁(Teresa Martin),她是卡梅尔苦修会的修女,被称为"小特蕾莎",以便把她和该修会的创始人、伟大的"阿维拉的特蕾莎"区分开来。卡捷琳娜·瓦尼尼(Caterina Vanini, 1562—1606)则鲜为人知,她很早就结束了自己的卖身生涯,她与费德里科·博罗梅奥通信进行忏悔和神秘主义研究(参见 *Scrittrici mistiche italiane*, a cura Giovanni Pozzi e Claudio Leonardi, Marietti, Genova 1988, pp.399—418)。然而这种关于童年的宗教文化的存在,并没有在普通文化中推动向儿童学习的能力和趣味。也许这是因为屈辱感并没有被抹去,而是被用于禁欲的功能?但事实并非总是如此。虔诚的玛格丽特·波莱特将童年作为自由的典范,她说:"自由的灵魂,不为上帝做任何事或为上帝放弃做任何事,这一点与儿童相似:看看纯真的孩子,他会做些什么,或者如果他不喜欢,他会让大人或小孩做什么吗?"(*La mirouer des simples ames*, editè par Romana

Guarnieri, Corpus Christianorum Continuatio Mediaevalis LXIX, p.98）然而必须补充的是，通过对儿童的模仿来解决需求的问题比我们看到的更多；事实上文化排斥、阻碍了感知和行动。

（4）D. W. Winnicott, *Sulla natura umana*, Edizione italiana a cura di Renata De Benedetti Gaddini, Raffaello Cortina Editore, Milano 1989, p.179.

（5）*Sulla natura umana*, cit., p.127.

（6）Cit. in E. Severino, «Ritornare a Parmenide», in *Rivista di filosofia neo-scolastica*, 1964, fasc. II, p.141.

（7）*Sulla natura umana*, cit., p.131. 在分析温尼科特陷入"与外部现实没有直接连接，有的只是幻觉"的虚无主义时，我指出了温尼科特的《人性论》中，有些段落从和母亲的关系的经验到个人视角的不平滑过渡，就像一次"跳跃"，这是唯我主义观念占了上风。在我们的文化中，很难将一个主体的视角与自身以外的事物构建关系；这种关系被认为是异化的，因此顾名思义，无法构建一个视角。从这个意义上说，伊迪丝·斯坦因（Edith Stein）的《共情问题》(*Zum Problem der Einfühlung*)是一部具有创新意义但未得到充分重视的著作。作者认为移情不是主体的亲身经验，而是他人的亲身经验，但主体也体验到了：

"在我的非亲身经验中，我感到自己同样伴随着一种亲身经验，这不是由我亲身体验到的，但存在并呈现在我的非亲身经验中。"(*L'empatia*, a cura di Michele Nicoletti, Franco Angeli, Milano 1986, p.63).

（8）"**第三**是将**第一**与**第二**联系起来的东西。符号就是某种**第三位**。我们应该如何描述它的特征呢？【……】在我看来，符号的基本功能是将无效的关系变得有效，而不是使它们付诸行动，而是建立一种习惯或一般规则，根据这个规则，它们将在时机成熟的情况下进入行动。"(C.S. Peirce, *Semiotica*, testi scelti e introdotti da M.A. Bonfantini, L. Grassi, R. Grazia, Einaudi, Torino 1980, p.189).

（9）Julia Kristeva, *La rivoluzione del linguaggio poetico*, trad. it., Marsilio, Padova 1979, pp.17—45.

（10）D.W. Winnicott, *Sulla natura umana*, cit., pp.120, 158.

（11）*Nato di donna*, cit., p.203.

（12）Luce Irigaray, *L'universale come mediazione e Una possibilità di vivere, in Sessi e genealogie*, trad. it., La Tartaruga, Milano 1989, rispettivamente pp.145—171 e 205—231.

（13）Julia Kristeva, *op.cit.*, pp.58—59.

（14）Scuola di Barbiana, *Lettera a una professoressa*, Libreria Editrice Fiorentina, Firenze 1967.

（15）R. Jakobson, *Saggi di linguistica generale*, a cura di L. Heilmann, Feltrinelli, Milano 1966, pp.22—45.

（16）G. Bateson, «La cibernetica dell'"io": una teoria dell'alcolismo», in *Verso un'ecologia della mente*, trad. it. di G. Longo, Adelphi, Milano 1980, seconda ediz., pp.339—373. 我采用了贝特森关于酗酒者戒断实践的评论，结果就是把上帝与母亲放在一起，我不能忽视这一点。好像在我的文本中，酗酒者的上帝通过贝特森似乎与母亲相对应。然而这并不准确，因为贝特森的解释改变了问题的条件。当然在这两种情况下，这都是一个问题，就是存在的意义。贝特森所说的认识论的变化（也）是存在意义的变化。但我所说的母性的伟大，是一种象征秩序的伟大，而不是本体论意义上的伟大。在生儿育女这个事实上，我看不到什么伟大。人类的伟大指的是一种选择的特殊性，在必要时从庸常的轨道上脱离的能力，一种察觉到必要的召唤并追随它的能力。那些日复一日做他们必须做的事的人，很值得称赞，但谈不上伟大。那么母亲更多的是在她最初优越的位置上，它相对于我的独特性和自由是不可逆转的。"在一个女人之前出现的是她母亲，没有其他名字。"（*Non credere di avere diritti*, cit., p.133）上帝与母亲之间的平行或其他联系，并没有在此结束。在这里，我感兴趣的是，一方面将母亲的作品隐喻为神圣的作品（无论是什么），另一方面对母亲的伟大进行实质主义的解释。我再说一遍，女性并不会因为成为母亲而变得伟大；我是一个男孩的母亲这一事实，是社会功绩，而不是人类伟大的头衔。另一方面，把我带到这个世界上的女人之所以伟大，是因为她的先验性，因为她先于我所有的选择和伟大，这赋予了她独特的、无与伦比的伟大，不是因为任何实际的东西，而是因为她绝对占据的位置。

（17）我所说的"习惯"沿用了皮尔士赋予它的含义，我不想对其进行概括，以免淡化这一概念。正如皮尔士本人所言，我们只需将其视为"一种意识改变的相当狭义的类比"，并知道它是象征性质的任何过程"真实、鲜活的逻辑结论"（参见 C.S. Peirce, *Semiotics*, cit.306, corresponding to Collected Papers 5.486 and 5.491）。

（18）F. de Saussure, *Corso di linguistica generale*, Introduction, traduzione e commento di T. De Mauro, Laterza, Bari 1967, p.19.

（19）Ibid., p.96.

（20）H. Kelsen, Teoria generale del diritto e dello stato,

trad. it., Comunità, Milano 1963, quarta ediz., p.32. 我的想法是以母亲为媒介与现实达成一致,这与语言哲学家威廉·冯·洪堡提出的主体与世界之间最初和谐的概念相呼应(参见 Lia Formigari, *L'esperienza e il segno*, Editori Riuniti, Rome 1990, pp.233)。

第四章

母亲的替代品

很多时候我谈到母亲时,会加一句"或母亲的替代品"。写作时我就在想,有一章就专门谈谈在我们的生命中能代替母亲的东西,我试着想出一些可能的替代品,比如父亲、上帝、金钱、爱,等等。但我意识到,这些形象的叙事对我并不适用,除非我完全接受男权文化。这些没有给我原初的视角,而是让我从男性视角看到事情的源头。我这么说,并不是想表明女性存在本身没有上帝,也没有爱,只是列举女性生活有较大影响的两个"替代品"。我只是想说,上帝或爱是会让女性重新拥有最初视角——假定它们把原初视角归还给女性,而不是让她们具有男性的视角。我们对这种方式依然知之甚少,与此同时,我们对于它们如何让男性获得最初视角却了解很多,非常多。

因此讨论结论之前,我必须对"母亲的替代品"这个操作进行说明。这个说法显然暗示了一个让人惊异、众所周知的事实,即亲生母亲在不失去与孩子基本的母子关系特征的情况下,可以被其他形象所取代。在这个事实中,我们可以看到自然因素无关紧要，而结构却特别重要，可以用任何内容填充。我从中看出了母亲的象征预设，就好像说她允许自己被其他人和事物取代，同时这对她和孩子一起创造的世界并不会受到损害，或者说不会受到严重损害。

我们可以这样解释自然母亲拥有的象征预设，考虑到一个女人无论做不做母亲都会是她母亲的女儿，因此自然母亲本身就是一个接替者。

因此，一个结构是存在的，就是我母亲、母亲的母亲、母亲的母亲的母亲……一种母系的连续性把我带回到生命起点的内部。然而，人们对这种结构依然缺乏正确认识，没有认识到它的根源特征，是它构建了自然和文化的桥梁，人们的认知缺乏也是这种结构带来的结果。

这些结果中就包括对性差异的第一种解释：事实上，女儿处在这个连续性结构的核心和终点位置（除非重新打开这个连续性结构，女性有一天成了母亲）。而儿子站在这个连续性之外，在母亲得知孩子是男性的那一刻开始，他就被象征地排除在外。因此，性别差异从一开始就存在于我们与母亲的关系中。从一方面说，它既不能被简化为性的二态性，也不属于文化的结果，与其错误地把它理解为性/性别的二元对立——部分女性主义思想重新吸收了这种概念，不如说它就是男性重塑、取代母亲作品中的一个理由。[1]

回到母亲接受自己被取代这一问题上，我们需要注意到，母亲的可被替换性并不适用于这段关系中的另一方（我按照通常的说法称之为孩子，但其实是创造物，但我会考虑到这包含有创造与被创造的关系，还有关系本身的性别差异）。

与母亲不同的是，母亲的创造物不会占据别人的位置，也不允许自己被取代。作为补偿的是，孩子能接受母亲的替代品，这是一种再普通不过的能力，却很奇妙，会让人感到不安，就像那个科学家，他潜入池塘，只露出脑袋，让一群小鸭子认为他或者他的脑袋是鸭妈妈。

对于能够接受母亲的替代品这件事，我认为它和"拯救现象"（salvare i fenomeni）很像。根据古代哲学家的说法，这意味着将我们的经验视为真实的，而不是将其看作其他事物的掩盖物或者骗人的假象。[2]

我之前提到过巴门尼德。在巴门尼德残篇中，他完全否认现象可以代表现实，现象只能代表一种表象和幻象，因为现象同时包含"存在"和"非存在"，而"存在"只能通过纯粹的实证呈现出来。后来的哲学家，从柏拉图到亚里士多德，都提出了"拯救现象"这一问题，也就是说，在保留存在的实证性需求的同时，不需要一刀切、认为经验世界是不真实的。他们得以把现实一分为二：一个是不断发生变化的世界，一个是永恒不变的世界。前者就是我们的经验世界，它处在"存在"和"非存在"的矛盾之中，但它并不荒谬，也不是非现实的，因为它与那个永恒不变的世界之间的关系而独一无二——哲学家们对这两者之间的关系有过不同的构想：参与关系、因果关系、散发关系、创造关系等。

就像我之前说过的，在这样的哲学体系中，我反对的只是男性意志强行加入其中，把母性力量据为己有，把母亲的成果抹去的机制。考虑到这一点，提出"拯救现象"，也就是保证这个世界的真实性，尽管我们的经验世界里存在无意义、让人不满的事物，相当于把现在的经验与我们和母亲之间最初的关系联系起来，并对这种关系进行解读。就像小鸭子对洛伦兹[①]（那个池塘里的科学家）的脑袋的认知，它们认为科学家的脑袋是真实的，通过真实的逻辑推论，它们把这个脑袋放在鸭妈妈的位子上。

我们重新看到了接受母亲的替代品的能力，并看到这

[①] 康拉德·洛伦兹（Konrad Lorenz，1903—1989），奥地利动物学家、鸟类学家、动物心理学家，也是经典比较行为研究的代表人物，受其老师奥斯卡·海因洛斯影响，建立了现代动物行为学。

对于"拯救现象"非常重要。这种能力是我们头脑的一种倾向,比起实证性,我们更多注意到的是它的病理表现。我指的是**固恋**(fissazione)①,也就是说在我们头脑里,有些地方完整保留着我们与母体最初的关系,它就像船锚一样,让一系列的替代品有所依附。

我重新阅读了弗洛伊德关于固恋的文字,我发现,严格来说他并没有把这个问题当作病理问题来讨论。在《弗洛伊德五大心理治疗案例——施雷柏大法官临床案例》中,有一段专门论述"潜抑"的过程,把它分成了三个阶段:"第一个阶段是'固恋',它存在于任何'潜抑'之前。'固恋'现象可以这样来描述:有某种本能,或某种本能的一部分,没有跟上预期的正常发展,由于发展受到抑制,因此停留在更接近幼儿期的阶段里。"他继续说,这样形成的力比多流对不断演变的心理产生影响,就好像是被潜抑的东西进入了无意识体系。但我们已经看到,固恋并不是一种最初的现象(尽管不符合"正常"预期)。弗洛伊德还说,在本能固恋中,具有决定潜抑过程第三阶段结果的因素:"第三个阶段也是病理现象最为关键的阶段,就是潜抑的失败,或称压抑对象的回归、重现。这

---

① 英语对应是 fixation,德语原文是 Fixierung,也有译为"固着"。

种重现始于固恋的点上，就是力比多发展会退化到的固恋点。"[3]

因此，固恋具有决定性作用，它决定着疾病的类型，即神经症的"选择"，但并不决定精神疾病的发作，因为精神疾病发作有其他原因。由此我们可以推断固恋有多种类型，在某种程度上对应不同的病症，传统上有歇斯底里、强迫症、偏执妄想症。另一方面，摆脱了病理特征的固恋现象保留了与母亲的最初关系，它不是向前发展的，而是永恒不变的，因此在精神生活中，它成了抵抗母亲替代品的一种要素：并非母亲的一切都可以被替代。

但我认为，正是通过固恋，替代才成为可能，它们为象征提供了空间。事实上，通过固恋，我们可以识别出母亲的替代品，可以在当下把母亲归还给我们：替代品会把母亲重新呈现给我们，并充分展示母亲的意义。

如果没有固恋，我们的生活也许就像在一片空旷的沙漠中无休止的流放；或者反过来，生活充满了毫无意义的事，我们在其中游荡，为失去的一切感到忧伤，却连丧失都体会不到，因为我们忘记了自己生命最初的经历，也完全无法在当下重新回忆起来。

换句话说，我们身上留下的母亲的东西，就像直觉一样，需要通过介质（替代品）才能让我们看到，同时这也能让我们认识到那些好的替代品,根据每种介质特有的循环结构,首先就是语言。

我想再用一个意象来说明我的想法,对母亲的固恋于我们就像珍珠贝中的沙粒,激活了介质特有的循环结构,从而产生了象征维度。

在我看来,"替代"就等同于"归还",抓住这一点至关重要。对于我来说,事情确实是这样的。事实上,我之前失去了语言和存在对应的感觉,后来试图重建它,在我身上,母亲的每个可能的替代品的作用都拒绝归还、恢复母亲的位置。

如果要我说这是怎么发生的,我的回答是,这与学校教育有关。露西·伊利格瑞谈到学校教育时,视之为对女孩的流放,甚至是一种监禁强奸,并把学校教育比作是冥神哈迪斯对农神德墨忒尔的女儿珀耳塞福涅的绑架[4]。学校教育让我一点一点地丧失了独立思考能力,当我说独立思考时,指的不是个人的思考。虽然思考一直要求个人的努力,学校通常会要求我们努力思考,这也让我获益很多。我说的这种思想,它的资源和结果我当下都很清楚。在这样的思想推动下,有些经验需要得到阐释,经验和阐释之间形成了一种循环关系。这种循环性表明它们具有同样的开始,让大脑产生一种直观的感受:思想和存在是同源的。

但媒介是直觉的呈现,这一点我知道:我正是在哲学学院学到这一点的。那么我为什么很难将这一条原则运用到自己身上,运用到我的思维方式上呢?

答案并不简单。大概说来,我在前面所提到的"开端的困难"或许可以作为一种回答。我再简短复述一遍,在找寻独立思想的过程时,我陷入了一种哲学陷阱。在"拯救现象"时,我回溯的并不是起源的创造性视角——在这种视角下,存在和思想是一致的——我追溯的是起源的男性视角。因此我并没有真正拯救现象,反而觉得一切都很虚假。媒介对于拯救那些"表演"很有必要,而非我的个人经验,我的经验有时不值得被讲述,有时候又太高了,难以捕捉。然而在其他时刻,已经不再需要伪装,一切媒介的努力和必要都消失了:现实成为令人愉快的、可以被感知的存在。但经验世界的现实并不会因为这样就得到更好的保障。还存在另一种方法,就是把自己置于他人的视角中。事实上,它们是一枚硬币的两面,如果两个过程能贴合在一起,会催生一个想象的世界,在某种女性版本或世界"分裂"的歇斯底里中,就是科学和哲学传统的想象世界。

很显然,我所要谈的"歇斯底里"这个词从定义上就是女性化的。尽管也有一部分女人根本不会歇斯底里,我会展示出歇斯底里和作为女性的关系,这个词的词源对应着一种正确的直觉。

男性文化很关注歇斯底里,这些关注并非总是善意的。对于这个词的现有描述,我没有什么可补充的,我想谈的是这个词的意义:它想表达的是什么。

歇斯底里与其他神经官能症一样,需要追溯到固恋上。就像其他病症一样,在歇斯底里症状中,固恋本身也不是病态的。在变得痛苦和失序之前,歇斯底里到底是什么?是对母亲的完全依恋,无法接受母亲被替代。我之前说过,固恋表明并非母亲的一切都可以被替代。对于有歇斯底里症状的人来说,母亲的任何东西都无法被取代。

如果我们观察歇斯底里者的行为模式,就会发现它的固恋特征很明显。事实上,歇斯底里者似乎对自身的一切都没有依恋,她总是与他人的欲望连接在一起。但不管怎样,人们迟早会发现,她之所以清楚别人的欲望,并不是为了别人,只是为了滋养自身的感受:痛苦或快乐。

然而要抓住歇斯底里固恋的本质特征,对母亲的极度厌恶成了障碍。拉康在这一点上有过研究,在1959年至1960年的一次研讨班上他曾说:"歇斯底里症的行为……目的是再现一种以客体为中心的状态,正如弗洛伊德曾经提到的,'客体'(das Ding)是这种厌恶的根源论据。歇斯底里症的具体'生存经验'(erlebnis)正是按照客体的秩

序，最初的对象是令人不满的客体。"在这里，"最初的对象"以及德语中的"客体"，对应的就是母亲。(5)

实际上，歇斯底里者的灵魂和身体转向了母亲。比如，我们想一下歇斯底里发作时，人的身体向外翻出的弧度，与胎儿在子宫里向内蜷缩的姿势正好相反：完全是一种反转。我们想想，很多女性对女性权威的无声反抗，她们总是控诉得到的爱很少，但其实她们得到的是爱的海洋，问题是她们容纳爱的能力。

这种普遍的厌母情绪让我很难理解歇斯底里中的固恋本质。精神分析理论也曾预见过这一点，直到我明白了厌恶（母亲）的缘由、最初的根源，我才了解到这种固恋的本质。歇斯底里症对母亲的厌恶，是因为她是母亲的替代品。我在上面已经解释过了，亲生母亲也可以被看作是替代品。女性对母亲固有的依恋，对应的不是对母亲的爱，而是对一系列"母亲"的爱，或者说它对应的是一种结构，每个女童都是一个"内部的内部"（un interno di un interno）的产物。我想起了我的一位女学生小时候的奇妙宇宙论，她认为我们处于我们看到的世界底部的中心，当我们向上看时，看到的是天蓝色的圆形的边界。她在之前学习过地球是圆的，但对她来说，她所描述的才是她眼中的地球。我试着向她解释这些现象的最新理论时，她辩解说:"我妈妈也是这么说的。"

在这个意义上,"歇斯底里"的词源——希腊语中的"子宫"一词,对应的是一种正确的直觉,尽管它有负面或消极含义。歇斯底里解释了女性和生命母体之间的关系——现在暂时不权衡这种解释的质量和代价,但它可以解释性差异。

因此我已经部分回答了我在前面提出的问题,即我们与母亲之间的关系产生了生命最初的经验,之后通过"替代-归还"这种经验发展出象征秩序。为什么对我来说,这是对最初经验的伪造,就像丧失了独创性?我在掌握独立思想的结构时遇到了困难,我说过我已经从理论上掌握这种思想了,这种困难照见的是歇斯底里中的固恋本质——对母亲的依恋,无法忍受任何母亲的替代品,就像母亲不在时,小汉斯不停地玩那个著名的卷轴游戏一样[1]。

但这个解释并不完整。歇斯底里的女性是因为对母亲

---

[1] 出自弗洛伊德《超越快乐原则》的第二章:小男孩有一个木质线轴,他从未想过牵着上面的绳子把线轴当玩具车拖着玩,而是收起绳子,熟练地抓起木轴将它扔过蒙着地毯的摇床栅栏,掉进摇床里,嘴里叫喊着"喔——喔——喔——喔"。然后又把木轴拉回来,嘴里兴奋地高喊着:"哒!"以上过程完整地构成了一个游戏,即:抛弃—寻回。显而易见,第二种行为会带来更大的快乐,但通常人们只注意到前一种行为:孩子将"抛弃"作为一个独立的游戏,饶有兴致地反复玩着。

的厌恶、想要寻找象征性的独立，这是一种非常普遍、陷入歧途的选择，因为父权社会自身是象征失序的。无须进一步展示父权社会的象征失序，其自身结构特征就能证明它是在商品、女性和符号的交换下产生的，在这个结构中，女性可以等同于商品和符号，它不会解释她们是否会以及如何学习说话。[6]

在我们的文化中，典型的依恋是女性对母亲本质的依恋，没有任何可能的替代品，没有象征的表达，这让很多女性与母亲处于一种密切的紧张关系中。

有人可能会提出反驳，并非所有女性都有歇斯底里症，或是潜在的歇斯底里症患者。事实上，与其他女性相比，歇斯底里者的特点是什么？在我看来，歇斯底里者与其他女性的不同点在于，她们做出了表达上的"选择"。也就是说，在没有合适的象征工具来表示她们对母亲的依恋的前提下，她们"选择"表达出来，通过自己的身体进行表达，代价是落入象征秩序的维持者手中——他们是父亲、神父、医生、法官、立法者和知识分子。

难点在于，要把歇斯底里的表达选择和遵从男性权力产生的后果分辨开来，并且在保证前者的同时撇开后者。如何进行这么艰难的操作？过去我想过也写过，这个问题可以通过给女性的想象提供一个世界来解决：一个真实的世界，我们的现实世界。我谈到了让这两个世界对应的可能，就像让一个立方体的多面进行重合一样。现在我明白了，这并不是解决方案，而是一种效果，也许是找到的解决方案产生的最重要的效果[7]。我沿着相同的方向试着追溯到实际的解决方案，现在我要说对表现出歇斯底里症的女性而言，这一象征秩序开始于认识到那个把自己生下来的女人——母亲——把她引入了"母系连续体"（continuum materno）的那一刻：就像梅兰妮·克莱因告诉我们的一样，开始于感恩。[8]

因此，对于歇斯底里症患者以及每个人来说，象征秩序开始于是否接受母亲的替代品，或者说得更具体一点，就是承认替代是一种归还。但这一细节会让对母亲的依恋激发出有独立思想的替代-归还，而不是用其他人来替代母亲。有血有肉的母亲会处在她自己的位子上，我们可以说，就像词语和它的意义对应一样……我的问题是什么呢？我在用替代品的关系去思考，这是对我们与母亲之间最初关系最常见的解释，而关于"歇斯底里的"依恋，我也许应该保留**部分存在**（essere parte）这样具有原始关系特征的范畴，却全然不会让人想到独立。

如果我们能与母系连续体的结构达成协议，想出母亲的替代是一种没有替代品的替代，那么这个问题就解决了。这是有可能的，因为存在这样一个没有替代品的替代：就是我们所说的语言，我们学会的第一种语言。事实上，母语中的词汇不会替代其他的词汇，没错，它们会"替代"事物，但不会让任何东西取代它们。

或许对于歇斯底里者来说，唯一能处在母亲位子上的就是母语，比如说话这一行为比任何其他活动都更能表明女性和母亲的特有关系。

这个论点也有某些女性行为依据的。我想到了安娜·欧[①]在治疗期间发明的"谈话疗法"（talking cure），它是精神分析疗法的起点，约瑟夫·布罗伊尔和弗洛伊德曾分析过[(9)]。我想到了女性在政治运动中的自我意识实践，它再现了女性和母亲关系中的某些特征[(10)]。

为了支持这一论点，或者更准确一点，为了把这个论点解说清楚，我可以讲述一下我对独立思考的发现，不是整个过程，而是最后着陆点。我在对自己的思考中又发现了这一点：确实，你了解一切，可以说出来，是的，你可

---

① 安娜·欧（Anna O.），真名为伯莎·波彭海姆（Bertha Pappenheim，1859—1936），她以假名接受了布罗伊尔（Josef Breuer，1842—1925）的治疗。曾在柏林学习政治学和教育学，在多特蒙德以自由作家的身份生活和工作，是犹太妇女协会的创始人。她也是著名犹太妇女活动家和社会工作的先驱，一生中的大部分时间都在与贩卖女孩的现象作斗争，并且翻译了玛丽·沃斯通克拉夫特的《捍卫女性权利》。

以把所有发生在你身上的事情说出来，但你要通过别人知道的事。

这个想法形成后，伴随而来的是一种神奇的轻松感，仿佛在长久的不确定感之后终于找到了最后的解决方案，就像我们读到航海小说中最终的获救一样，这也许就是为什么我在前面会提到着陆。

带着这个想法，为了探寻其中的意义，我提出了几个问题，通过逻辑方法来证明它们是否均等，确认其内在情感。因为内在的情感总是很持久，帮助我们的大脑工作。这一章还有前一章写的一些东西，都是观点的再生产练习。这让我明白了什么才是最要紧的，没有什么不可讲述的事，只要通过别人也都知道的事说出来。

我的写作几乎从一开始就遵循这一原则。我之所以称其为原则，是因为它完成了原则的功能，也就是我对学会爱母亲的直接表达。我在前几章中长篇大论地讨论这个问题，是我花了大半生的时间与母亲讨价还价的最终结尾和结果。现在我与母亲的协商被我与同类展开的协商取代，不过这些是普通、次要的问题。

因为我之前提到必须通过别人也知道的事，因此有些人可能会觉得，我写下的这些东西过于轻易。诚然，相对来说，我没有太遵照那些普遍认可的论述原则，因此这些文字与我之前写的看起来也不会有什么不同。我当时几乎是毫无准则地在两种态度间游移：服从他人的规则，坚持自我的表达。对我来说，这就像白天与黑夜的差别，但我承认，从外部看来好像只有细微的差别。比如黎明，从外面看也只是一点细微的光线变化。必须要说的是，这里所说的原则在实践中可以在两个极端之间进行多种阐释：一方面通过现行有效、普遍遵守的规则标准去验证；另一方面，在还没有确定具体方式的情况下，要屈服于对媒介的需要原则。在这两个极端中间，标准就是在尊重规则的同时，也忠实于自己所清楚的。显然，要达成一致，并不存在一个折中的方法，而在于建立一种相互促进的关系。这样一来，在尊重规则的同时，我可以言说的事情会一同增长。

因此不存在绝对的原则，只有为了实现这一结果采用的差不多适合的规则。另一方面，和我关系最密切的社会环境就包含了一个女性社群，在这个群体中，确立媒介的方式非常重要，同时也很有难度。事实上，对我们来说，女性经验的一切都不能排除在可言说之物之外。这也就解释了为什么我的写作表面上看起来不符合规则：因为事实上，它遵守的是尚未建立或尚未得到认可的规则（如果这样的表达有意义，至少对我来说是这样）。

我在前面谈到了女性社会，但说明的原则涉及男性和女性，这就代表我想要说的女性和男性都应该知道。只要遵守文字秩序，那么这个表达就是对的。把女性放在前面，是因为原则的产生需要知道和尊重我的女性同类所知道和尊重的（从和我关系紧密的女人开始），她们的必要性构成了原则。抛开其他考虑，这是合乎逻辑的，因为我心里已经有太多男性定下的规则，他们不需要我说出任何原则：为了找到这些规则，并让人遵守，他们不需要象征秩序，也不需要我的独立思想。

女性——从母亲开始——常常顺应男性的意愿，这一点对我的原则并不会造成障碍。原则是形式上的，不是内容上的。它的象征力体现在重视对另一个女人——首先是母亲——而言重要的事情。读了简·奥斯汀的《劝导》之后，这一点对我来说变得尤为清晰。《劝导》讲述了一个历经磨难的爱情故事，与同时代曼佐尼的《约婚夫妇》有相似之处。《劝导》里的"堂·罗德里戈"① 就是给年轻的安妮·艾略特充当母亲角色的拉塞尔夫人，她充满权威地从资产阶级的角度向她解释阶级差异。最后爱情取得胜利，当这对恋人谈到之前的经历，安妮对温特沃思上

---

① 堂·罗德里戈（Don Rodrigo），曼佐尼小说《约婚夫妇》中的乡绅，一直阻挠露西娅和洛伦佐这两位年轻人的婚礼。

校说：

> 我在思考过去的事，希望能客观地判断是非曲直。我说的是我自己，应该说，虽然我的朋友之前让我遭受了很多痛苦，但我坚信她对我的建议是对的，你将来一定会比现在更喜欢我这位朋友。当时她对我来说就像我的母亲。不过请别误解我的话，我并不是说她当时给我的建议就一定是对的。只是说很多时候，建议的好坏取决于事态如何发展，我当时就处于这种情况。但就我个人而言，不管在任何情况下，哪怕是类似的情境，我绝对不会提出那样的建议，这一点我很确信。我想说的是，我当时听她的劝是对的，如果不那么做的话，那我会更加痛苦，维持婚约……是的，会比取消婚约更痛苦，因为我的内心意识会很痛苦。[11]

研究简·奥斯汀的学者想知道：她的秘诀是什么？她创作的小说几近完美，近两个世纪以来一直深受大众的喜爱和欣赏，也受到了文学批评的青睐。她的写作几乎没有参照，她接受的也是普通的学校教育，过着普通的乡村生活，那她的秘诀究竟是什么？我想简·奥斯汀成功的秘密在母亲的象征秩序中可以找到。她在暗中顺应了这一点：母亲的象征秩序给予她语言和文化，让她的表达有超乎寻常的说服力。

因此对我、对每一位女性来说，必要的媒介原则首先是女性的媒介原则。事实上，正如简·奥斯汀所展现的，重要的是要超越所有厌母情绪。真正的超越首先意味着，不要把任何男性放在母亲的位置上去爱或恨，而是要对母亲心怀感激，接纳她的权威。

正如我刚才所说，原则是形式上的，不是内容上的。事实上，通过别人知道/想到的来说出自己想到的，这在某种程度上来说属于最基本的交谈。说话者之间的交流可以看作是各自从完整的自我——石头一般的自我——中走出来，参与到大家的常识里。这些常识是基于每个人愿意根据他人的意愿来表达事物构建的。但除了通过对方说的话，我们又如何知道他的想法呢？这样一来，我们不是就陷入了一种恶性循环了吗？是的，我们确实陷入了一种循环，但不是恶性的，因为媒介的结构就是循环的。

另一方面，如果我们确实是从母亲那里学会如何说话，那么在这个循环的开始就不存在根据其他人的想法来表达。在与母亲的最初关系里，我们完全清楚对方心里在想什么，在我们能够与别人交流之前有个过渡时期，我们只与母亲交流，只是为了建立最初的常识。

然而现在事情还不是很明了，为什么注意到的原则，就是表达的原则，这让我感觉自己就像经过艰难航行终于抵达港口的水手：在发现这一点之前，难道我不是在说话吗？

我一直在说话，只是毫无逻辑秩序，没有明确的标准，我只是在遵循既定原则和自我表达的推动力之间游移。说实话，我有个交流的标准，前面已经提到过，就是我可以说任何话，只要它合乎常理。我在学校学会了这一点，我学会语言的学校：过程非常艰难，但没有什么用处，它有自身的局限性，这一点看过我书的人就可以有所评价。现在我明白了，这个伪沟通原则实际上近似于之前提到的、通过他人的想法表达自己的原则。这与伪原则不同，它捍卫了我自身经验的真实价值，这是个绝对价值，它与已经得到认可的媒介必要性其实并不矛盾。根据这一原则，作为认识最初结构的真正驱动力，对于可言说之事没有限制，只有规则，也是可言说内在的规则：承认媒介的必要性。

但这还不足以解释我的快乐。在媒介的需要中，我看到我来到这个世界的轨迹正在更新，正如"生命对我"（克拉丽丝·李斯佩克朵这样说："生命对我"[A vida se me]），生命是被授予的，所以我的情感和意志是被赋予的——且必须要通过媒介，我的在场才得以可能。这一原则让我从自己中走出来，让我重新找到内心最深处的我。它让我感到，给予我生命的女人也想要给予我语言，通过把我生下来，她希望，并且一直希望，我的象征独立属于她给予我的生命的一部分，甚至更多。这其实解释了我之前说的成功的解决办法以及着陆的意义。

在强烈的直觉下（我得把它稀释一下才好解释清楚），我看到语言行使着媒介的功能，让我的所有生命经验都可以言说。在媒介和允许表达符合的情况下，我看到语言就是我最古老、最原始的经验——来到这个世界，拥有世界——的替代-归还者（当我说"语言"这个词时，除了指狭义上的语言，还有依赖于语言而存在的符号）[12]。对我来说，语言就是母亲的第一替代品，并且我看到了母亲在这一功能里绝对的不可替代性。

皮尔士把符号的表现功能分为以下三种：指示符号（符号是指示或标引）、图像符号（符号是图像）、象征符号（符号是解释现实的规范）。如果这种三分法也适用于系统的符号集，也就是语言，那么我可以说，通过我刚刚描述的过程，我已经在与母亲有关的语言中看到指示、图像和象征的三重模式。

语言和母亲之间有着无法否认的指示关系，这一点也体现在我们说的"母语"上。我们把首先学会的语言称之为"母语",是母语的词汇,而非其他词汇,对应着我们自己的经验。母亲教会我们说话的方式非常有效,当我们爱上一个外国人,会比较容易学会他(她)的语言时,我们会再次体会到这一点,爱其实让象征的系统重新激活,这是创造世界的组合特征。

在我的经验里,图像关系对我来说很重要。因为很多时候,我都会写"我看到了",这不是我进行思考、展示思想的习惯。这一次,我在语言里却看见了编织生命的母亲所创造的图像。

最后是象征关系,根据我前面提到的皮尔士的观点,象征具有规范性,一个词的词义是解释现实的法则或准则:"对于不确定的未来,符号是现行的准则或法则。"[13] 事实上,正如我们所知,通过语言交流所形成的常识或媒介,我们无法把它仅仅看成说话者双方之间的约定俗成,也无法说成是他们的创造;对话者一旦找到了某种常识和表达途径,那么它对双方来说都具有约束力。我们说,双方首先要接受语言规范,而不是了解词语的确切含义。要使得意义存在,在我们说话之时,已经肯定表达了这种意义,而所有关于意义的争议目的并不是要让我们彼此达成一致,而是为了确立我们说的语言的意义。我们的态度是重现最初的语言，找寻与母亲的共同视角。

心理学家说，到了某一时刻，母亲就会失去感受孩子需求的能力。这也是讲述创造者组合的故事一种简化方式。到了某一时刻会发生这种事情，母亲就会退出（就像卡巴拉解释宇宙的创造和上帝那样），被创造者，或更准确一点来说作为"部分存在"，想要再次归属于"整体"，通过某种方式是可以做到的：说话。

我们可以看到，语言规范体现母亲的权威，这也表现在语言规范并不像法律一样，而是像一种秩序，是一种活的而非制度化的秩序。事实上，人们并不是通过严格遵守规则来维持语言秩序的，而是通过不断让秩序发生变化。尽管我们的表达中会无数次不守规则，但这些违规的表达也是促进语言变化的因素。而且永远不存在一种语言状态，人们可以说：它混乱无序，需要重新建立秩序。总之这是一种创造性秩序，当我们既不理解也无法相互理解时，它依然可以接纳我们。

语言的这些特征，对应了母性力量最典型的特征，也常常和上帝联系在一起。语言-母亲的并列，或者语言-母亲-上帝的并列，可以得到进一步发展，但必须思考它的价值所在。我之前说过的相关内容，尤其是母亲的创造和语言之间的图像关系，我通过编织的比喻把它们联系起来，确实所有这些听起来似乎都像是隐喻性的表达。然而我想要表达的内容与这种修辞手法并不对应。就像我在前面写过的，我不是从隐喻的角度谈论母亲，对我来说，寻找母亲的必要替代品，并不等同于将其隐喻化。

但我为何要重复提到这个警示呢？显然，因为我觉得我说的这些关于母亲的话具有隐喻意义。这又是为什么？

第一个答案，我们可以在前面提到的"母系连续体"中找到，这个连续体既是自然也是象征性结构，女儿属于其中。在传统文化里，没有出现过母性力量和女性谱系，现在也依然没有。也就是说，母亲缺乏自我表达的合适方式，她也没有表现力量的适当方式，于是只能以"阴茎母亲"（madre fallica）的形式可怕地呈现出来。

由于我们一直缺乏可以展现母性力量的母女关系，所以母亲可以用来比喻所有一切。我们与母亲的最初关系中，不是所有一切都是可以被替代，我们承认这个事实，却不认可它是一种原则，它并不拥有原则的价值，但实际上，如果我们还原一下语言诞生的直接-间接的循环模式，就会发现它具有原则的价值。我们对母亲的依恋最终被视为某种病态，甚至真的成了一种疾病，其实真实情况就是这样，我们找不到象征表达，这让我们生病。

所以才会出现这样的情况：不会爱母亲的女人，她们会生病，会因为依恋母亲患有歇斯底里症：这是真正意义的、从内向外的完全依恋。其他人在我之前也发现了这一点，这就解释了直到今天，在我们的文化中，歇斯底里症患者的身体仍然代表着对男性以及他们的象征秩序和失序试图完全占有母亲的一种阻碍[14]。我尝试做的就是把歇斯底里症患者的身体经验转化为认识。

因此我的表达不能陷入隐喻，这一点很重要：这只会重现女性遭受痛苦的必要性。那我该基于什么呢？有些人可能会认为，我会基于身体，但不是身体，因为那是我们文化中现有的答案——由女性，一部分女性来承受象征失序所带来的痛苦，付出被法律禁锢的代价。在接下来的两章中，我必须回到这个问题，也就是如何将女性话语从隐喻的偏移中解放出来，将歇斯底里症患者的身体从法律的禁锢中解救出来。也就是说，我必须谈论政治。

注 释

（1）性/性别的对立（大致相当于自然与文化的对立）在英美女性主义文学中，比在欧洲大陆文学中更多地存在，欧洲大陆的立场，正如露西·伊利格瑞在《像媒介一样普遍》（*L'universale come mediazione*）一书的注释中所表达的那样："对于黑格尔使用的性别一词，我和他的译者一样，有时用'性'（sesso）一词代替。事实上，性别（genere）一词是用来指两性的差异和语法上的性。有时当性别差异消失或被取消时，人们只能感受到第二种含义，也就是语法意义。以文化及其系统为主题，从性别身体入手，作为不同主体的场所，对语法性别的机制提出了质疑。因此有必要将'性别'和'性'这两个概念分开，试图辩证地看待黑格尔留下的不确定性。'性'这个词指的是女性和男性，而不仅仅是性器官。"（*Sessi e genealogie*, trad.it. La Tartaruga, Milano, 1989, p.147, n.2）值得注意的是，性别/性区分的观点一直都遭到北美女性思想家质疑，正如其理论和政治价值的支持者伊芙琳·福克斯·凯勒所言："美国的女权主义始于性与性别的区分，而这一区分从未真正得到过尊重。"我同意凯勒的观点，我自己也觉得产生的结果值得商榷："由于难以认识到性别与女性性别身体的自然性——拥有女性身体这一事实——之间的区别，当今的女权主义理论对整个'性与性别'问题大加否定，并开始谈论泛义上的'差异'，在一般意义上的差异中间，比如文化、种族差异，这些都处于同一层面。"（da una «Conversazione con Evelyn Fox Keller», in Lapis, 9 settembre 1990, p.3）这唤起的问题对象征的无意识和忽视。然而，如果我们期望用性别和性的对立来解决这个问题，问题就会更加严重。我认为性别与性的对立是一种限制——母亲的作品、身体的产生，与其文化意义分离。也就是说，母亲不思考，或者，她的思考是她作品中很不重要的方面。

（2）"拯救现象"这个说法是邦达蒂尼对塞韦里诺的回应。(in *Conversazioni di metafisi*ca, 2 voll., Vita e Pensiero, Milano 1971, vol. II, pp.136—166）我在谈到古代哲学时，就是基于这一文本。

（3）Freud, *Opere, volume sesto*, trad. it., Boringhieri, Torino 1974, p.393.

（4）Luce Irigaray, *Le temps de la différence*, Le livre de poche, Paris 1989, p.122. (trad. it.: *Il tempo della differenza*, Editori Riuniti, Roma 1989）

（5）J. Lacan, *Le Séminaire VII. L'éthique de la psychanalyse*, Seuil, Paris 1986, p.67; "Erlebnis"是德语术语，可译为"正在经验"或"(生存)经验"。

（6）关于妇女交换的论述可追溯到克洛德·列维-斯特劳斯《亲属关系的基本结构》(*Les structures elementaires de la parente*, P.U.F, Paris 1947, transl. it.: *Le strutture elementaires della parente*, Feltrinelli, Milan 1969)；符号学

家、小说家翁贝托·埃科对此总结如下:"我们终于谈论到女性交换的问题。在何种意义上,它可以被视为一种象征过程?在原始交换的背景下,妇女是作为实物出现的,通过身体操作被使用,就像食物或其他物品一样被享用……然而如果妇女只是身体,丈夫与之发生性关系以生育后代,那就无法解释为什么每个男人不能与每个女人交媾。为什么会有一些约定俗成的规定,要求男人必须按照严格的规则,选择一个(或几个)女人?因为女性的**象征价值**,在一个系统内部将她们与其他女性**对立**起来。当她成为或很快被选为妻子,女人不再仅仅是一个有形的肉体(一种消费商品),而是成为符号、一种社会义务系统中的标识。"(U. Eco, *Trattato di semiotica generale*, Bompiani, Milan 1985, p.42)艾柯的这段描述可以与大脑称量专家保罗·朱利叶斯·莫比乌斯(Paul Julius Moebius)的科学著作《女性大脑的劣势》(*L'inferiorità mentale della donna*, Einaudi, Torino, 1978)的副标题"歧视女性的根源"(*Una fonte del razzismo antifemminile*)等量齐观。

(7) Cfr. *La nostra comune capacità d'infinito*, in Aa. Vv., Diotima, *Mettere al mondo il mondo*, La Tartaruga, Milano 1990, pp.61—76.

(8) Melanie Klein, Invidia e gratitudine, trad. it. di Laura

Zeller To-lentino, G. Martinelli Editore, Firenze 1969; 梅兰妮·克莱因讲述了她成功找到解决方案的一个病人的病例："对这个梦的分析给病人情绪带来了令人惊异的变化。病人现在感受到幸福和感激之情，这是前所未有的。她的眼睛里含着泪水，这对她来说是很不寻常的，她说她觉得自己心满意足，就像吃饱饭了一样。在她看来，母乳喂养和她的童年比她想象的要幸福。她对未来和分析结果更有信心了。病人对自己的一部分有更加充分的认识，其实在其他情况下这一部分对她来说并不陌生。她意识到自己对不同的人感到羡慕和嫉妒，但在与分析师的关系中却未能充分意识到这一点，因为意识到这一点太痛苦了：嫉妒会破坏分析师，还有成功的分析结果。在治疗中，在进行了我刚才提到的解释之后，她的嫉妒心有所减弱，她有能力享受到感激之情。她能够体验到这份快乐，就像美餐一顿带来的快乐。"(op.cit., pp.64—65)

（9）Cfr. Lucy Freeman, La storia di Anna O., trad. it. Adriana Bottini, Feltrinelli, Milano 1979; il caso di Anna O., presentato da Breuer, è esposto negli Studi sull'isteria di Breuer e Freud, in S. Freud, Opere, volume primo, Boringhieri, Torino 1967, pp.189—212.

（10）"自我意识的实践是20世纪60年代末发明的，

我们不知道是谁发明的。"(Libreria delle donne di Milano, *Non credere di avere dei diritti*, Rosenberg Sellier, Torino 1987, p.32)。我想知道,在这个实践之前,是否有匿名戒酒协会的自由实践。"那些美国女人提到'提高意识'。卡拉·隆齐采用了'自我意识'这个词,从而建立了意大利最早具有这种实践特点的团体。也就是说,这是一个有意控制人数的小团体,不属于大型组织,完全由女性组成。她们在一起谈论自己或其他任何事情,只要是基于她们自己的亲身经历,不限主题。"(同上)卡拉·隆齐(1931—1982年)是"女性的反抗"组织的发起人,同时也是"女性的反抗书写"出版社的创始人。该出版社出版了她的政治著作,包括《唾弃黑格尔》(*Sputiamo su Hegel*, 1970)、《阴蒂女性和阴道女性》(*La donna clitoridean e la donna vaginale*, 1971)、《闭嘴,你还是说吧》(*Taci, anzi parla*, 1978)。

(11) Jane Austen, *Persuasione*, trad. it. di Luciana Pozzi, Garzanti, Milano 1989, p.240. 在强调简·奥斯汀令人惊叹的伟大时,我并不赞同关于她生活在与世隔绝的乡下的"神话",正如作家作品的编辑马尔科姆·斯凯告诉我们的那样:"然而必须破除奥斯汀从不了解外部世界的古老'神话',即使小说中提及外部世界的内容相当少。"(Jane

Austen, *Sandition*, a cura di Malcolm Sky, trad. it. di Linda Gaia, Edizioni Theo ria, Roma-Napoli 1990, p.15）

（12）我引用邦达蒂尼、格拉西亚文集中的几句话，来解释皮尔士符号学的第二种三分法："任何一样东西【……】只要与某物相似，并被用作该物的符号，就是某样东西的图标，就是该物的图标【……】一个**标志**是一种符号，它指的是它所表示的对象，因为它实际上是由该对象决定的。【……】**象征**是指它所表示的对象的符号，它揭示的是一种规律，通常是一般观念的关联，这种关联的运作方式使象征被解释为指涉该对象。"（*Semiotica*, trad. it., Einaudi, Torino 1980, p.140; corrisponde ai Collected Papers 2.247—2.249）

（13）C.S. Peirce, *Semiotica*, cit., p.167（CP 2.292）。皮尔士通常将符号权威称为"律法"。我更倾向于将它们区分开来，以保障超越法律的前景，而不会将我们带入混乱之中。超越律法的主题，通过使徒保罗的《罗马书》进入了我们的文化。埃尔维奥·法奇内利在他最新的一本书中引用了保罗书信，以纠正拉康的一种解释："他没有说明，保罗所谈论的是与律法的旧关系，这位使徒宣布自己已从律法中解脱出来"，"对这律法来说，他已经死了"，他将服从于圣灵的"新出现"，而不再服从于"律法"（vetustas litterae）。拉康只阅读了保罗书信的前半部分，把自己局限在保罗早前的书信中，他没有意识到保罗以及他所代表的整个文化在新语言中实现的飞跃。新的言辞当然不是旧律法的替代或总结。拉康的闭口不言反映了他无法超越服从与僭越的秩序。（E. Fachinelli, La mente estatica, Adelphi, Milano 1989, p.194）

（14）歇斯底里者的身体是一种最大的抵抗，防止抹去女性的差异和被男性侵占的母亲的力量，我在米兰的女性书店听到利亚·西加里尼（Lia Cigarini）提到这一点，她向我传递了法国"政治与心理分析"（Politique et Psychanalyse）团体的思想。该团体是在20世纪60年代末以安托瓦内特·福克（Antoinette Fouque）为核心产生的。这是妇女运动理论思想的一部分，通过口头传播，而且往往是最新、最具有冲击力的部分。现行的书面参考资料的制度，无法说明这一点，让我无法表达对利亚·西加里尼的感恩。

第五章

血肉的轮回

我在分析对经验的解释以及思考的必要性,因为思考可以"拯救"经验所具有的真理价值。我谈到自己大体接受古典哲学家对这一问题的回答,这也是我在学校里学到的(我接受形而上学),但要排除让母亲失去权威、抹去她的成果的部分。具体来说,我提出的条款是:形而上学对我来说是个有效的答案,假如它可以确保母亲对我所做的一切,就是在我年幼很需要她时,她所代表的一切无法被超越。

我坚持提到形而上学,似乎有点奇怪。事实上,形而上学的通常定义似乎恰恰排除了我提到的协定中支持母亲的部分。在当前的概念里,形而上学可以是对另一个世界的立场。然而,我定的协定禁止我超越与母亲最初关系的视角,排除了把经验世界复制到另一个世界的可能性。真实的现实世界就是这个:就是母亲怀胎差不多九个月之后,我所进入的世界。

然而很明显的是,我对形而上学的解释与它现在的含义并不一致。对我来说，形而上学意味着思想的必要性，有了思想，存在就不会归于虚无。对我来说，形而上学存在于这样一个简单的事实中：为了说一些话，而不得不去说些超出我们认知范围的话。即使是在否认形而上学的论述中，也证明了它的必要性。

恩斯特·马赫① 说的"整合事实的推动力"在我们身上表现为"一种类似外部的力量"[1]。我承认这种推动力对应了一种逻辑上的必然，即葛兰西说的"没有思想就没有存在"[2]。这里有个存在意义的问题，无法通过对母亲的完全依恋还有她给予我们的生命得到解决；而我的路线也说明，依恋必须转化成"懂得爱"。思考很必要，只有这样我们才能了解当下，我们需要展示经验，让存在成为存在（far essere l'essere）。这些表述在不同程度上有些自相矛盾，但我不知道还能怎么表述人类在学习说话和进行表达时所做的。

经验的展示是政治实践意识觉醒的核心：那些必须进入劳动市场的人的阶级意识、女性的自我意识，以及不受资本保护的人的意识觉醒（这是我自创的名称，但含义很直观），这些政治实践的共同点，就是把亲身经验转

---

① 恩斯特·马赫（Ernst Mach, 1838—1916），捷克物理学家、哲学家、心理学家。

化为对自我和世界的认识,并以最简单的方式实现这种转化,通过人们的自由集会和言语交流——这些交谈受到理解别人以及愿意让别人理解这种意愿的支配。卡塔尼亚的女权主义者艾玛·贝里①曾提到"血肉的轮回"(cerchio di carne),她用这一表达把母性和媒介的概念完美地融合在一起[3]。

可以提出反对的是,对于女性、男女劳工以及第三世界国家的穷人来说,虽然他们在体验生活,但他们必须通过媒介才能认识自己的经历。因为他们充满无知、恐惧和欺骗的生活受到历史条件的制约。因此这里并不像形而上学,是一种逻辑的需要。正如对洛伦兹的科学实验中那些小鸭子来说,它们在湖面上看到的浮动的脑袋代替了鸭妈妈,那么对于女性、穷人来说也是一样的情况,我们可以说他们的处境并非正常。

然而我在想,我是否能以这种方式把逻辑与现实分开,在这个基础上进行判断。我的规则告诉我,我不能,或者完全这样不行,它禁止我把母亲置于一个更高的视角,把她翻译成哲学史上更为熟悉的语言。这就是与生俱来和后天习得之间的对立,生物和文化的对立,自然和历

---

① 艾玛·贝里(Emma Baeri Parisi,1942—),意大利历史学家、评论家、女性主义者。

史的对立，以及其他类似的对立，它们的有效性都很有限。从我们拥有生命、进入这个世界的角度来看，这些对立并不适用；从这个角度来看，一切都是与生俱来的，也都是后天习得的。我们学习说话只能这样解释：学习说话就像学习走路、学习用勺子吃饭一样自然，也一样艰难。

那么，对于事实和逻辑之间的对立，有一些类似的东西也是成立的。有一种观点认为，逻辑和事实停止对立，它们是同一需求。我多次提到这一点，即一起创造世界的关系形成的视角，世界和我们一起诞生，伴随着我们学习说话，世界才逐渐形成，"合理"对应着"真实"。

我这样说并不是要抹去事实与逻辑之间的区别，这会很荒谬，我想在两者之间架起桥梁。哲学告诉我们，存在逻辑的必要性（比如，欧氏几何中的勾股定理）和事实的必要性（例如，我是个女人，我的青春已逝）。对于掌握它的大脑来说是一种放松和快乐。然而事实的必要性可能会带来艰难的考验，大脑可能会无法接受，否认事实，从而消耗巨大的生命能量。当我认识到，接受事实也是符合**逻辑的**，这等同于接受逻辑，两种需求的秩序之间的桥梁就搭建起来了。认识到这一点，会比证明勾股定理能带给我们更大的喜悦和安宁。对于阅读这些文字的读者来说，不难理解这种更高层次的快乐，即承认接受现实的必要性,和接受某个推理一样符合逻辑,尽管这两者之间相差甚远,但也正因如此,接受这一点的人才能获得更大的快乐。

这就是我写完语言是母亲的赠礼那章之后体会到的愉快和感受。事实和逻辑的必要性之间架起的桥梁催生了逻辑秩序:事实在接受之后,就成为了思想解放和梳理经验的原则。现实本身会从盲目的自我重复和"总是成为他者"(sempre altro da sé)的束缚中解放出来。

在心理学和社会学中,经验主义的立场常常占主导,虽然它们常把经验放在第一位,但还是逃不过我前面所讲的:在解释经验时,它们仍然依靠的是已有的媒介,而不是经验本身所需的媒介。例如,心理学和社会学的解释路径让女性政治的各种矛盾——例如歇斯底里、性冷淡、表达受抑制、被排除在政治之外——都仅仅成了病理现象而已,它们从各种不同的角度对此进行解释,但总是通过一个没受到抑制、没有歇斯底里、没有性冷淡的主体的角度。只有当媒介可以完整循环,替代变成归还时,经验、真理和享乐的价值才能够确定下来。

我引用了形而上学这个概念,还有这个词语背后繁冗的历史,有个很明确的原因,那就是防止必要的媒介循环陷入传统的规则里,因为那套规则排除了鲜活的生命经验

(我的经验!),同时也排除了对母亲权威的阐释。

我们的文化越来越意识到媒介的必要性,或许这是当下文化的主要特征。在我们的文化中,大家逐渐意识到人与人的交流是一种符号产品,是一系列编码和解码的结果。我们扮演的角色并没有自身想象的那么积极主动,也没那么重要。大家都知道,只有天真的人才无视文化媒介的决定性分量,认为文字、图像、手势直接表达了自己和他人想要说的话。事实上,问题从不在于经验,也不在于纯粹的意图,是人们所接受的文化决定了他们的表达,诸如此类。

这种思维方式不能简单归结于对事物状态的看法。它是一种意识的确立,随后与客体相互作用,事实上在我看来,这种相互作用就是让客体更真实。怎么做到这一点呢?有很多方法,比如对那些说话很天真的人,无论他们说什么,都不能容忍。通过这种方式,意识到交流如何运作,这种意识会倾向于成为一种自觉,位于想说的东西之前。

有人会明确提到交流的伦理,把表达的内容和效果放在次要位置。我想起了一位在英语文化下成长起来的朋友,他是个真正的女权主义者,看完露西·伊利格瑞的《他者女人的窥镜》之后,他的评价是:"思想很新颖,或许很有道理，但语言令人难以忍受，霸道强势，缺乏交流伦理。"[4] 于是我开始分析英美哲学文体，相比于文学和诗歌，我发现英语的哲学文体很晦涩复杂；也就是说在文艺作品中母语仍然鲜活，但在揭示真理时母语反而死了，成了标本。或许哲学语言属于另一种权威、另一种象征秩序？

我们说的母语的规则，首先产生于媒介对于逻辑和事实的必要要求。实际上，这是由母亲设立的条件，这样我们就可以回来和她进行交流，分享她在这个世界上的经验。随着新的对话者、新权威、新经验的介入，规则变得复杂了。我尤其想到学校的语言教学，严格的语言规范和公民教育交织在一起（孩子在特定的空间和时间里进行专门学习），而且要遵照权力机构的硬性固定（比如，在学校不能讲方言）。这样的规则也出现在职业人士中间，在思想传统和整个社会里；这些规则也是不同需求的混合体。有些言语的目的是让交流变得更简单，比如大众媒体的一些俚语，让一些必要规则和其他前提混合，都是比较任意的设定和惯例。

这种把逻辑需要和其他元素混合起来的媒介，顺应维持权力等需求，这种混合或许无法避免。但严格意义上的母语（最初由母亲掌控，经验和话语交融形成的语言）会受到冲击。我们要铭记，语言交流不能简单归结为说话者之间的交流，语言和经验之间也是一种交流，在某种程度上这两者总是能建立连接，经验才是语言的永恒源头和创新资源。

交流伦理和其他类似操作把律法带入了属于母亲象征秩序的领域。这就会导致人云亦云，我们可以普遍观察到这种结果：语言要是脱离了母体，它就会枯萎；文字和语境之间的交流缺失，词语的意义因为依赖定义也趋于扁平，评判标准变得单一，手势连同所有非语言的表达方式也趋于消失。

通过这种方式，根据母语构建的可言说世界被固定的经验世界取代，人们依据约定俗成的规则来表达。我并不是说，那个可言说的经验世界就一定比前者更美、更丰富，有时恰恰相反。但母语对应的是鲜活的语言，可以自己发展，而经验世界是僵硬固执的，只有掌握操纵语言规则的权力时，它才会发生改变。

在过去，当掌权者想要让某些事情变得不可言说，必须采取暴力镇压，通过监狱、疯人院、审查机制、火刑等工具，而现在只需要用新闻来覆盖新闻，忽视某些规则，或遵循其他规则就够了。

除此之外，这就是我想提出的问题，用约定俗成的语言代替母语，会让人忘记媒介与**直觉**之间的必要联系。媒介的产物取代了直觉，构建了媒介的绝对独裁，期望独立于其道理而运作，并把这种伪独立当作绝对规则强加于人。我之前说过，我们文化的一个特征就是对必要的媒介有清楚的认知，但这已经融入了媒介的独裁。它要求我们谈论的不再是经验世界，而是语言世界，也就是媒介构成的世界，而这个独裁机制是权力体系最新的面具——它的后现代面具。

在意大利语中，在学校教书的女性被称为"女老师"（maestra）或"女教授"（professoressa），在工厂工作的女性则被称为"女工"（operaia）。然而按照传统语言体系，在政府部门担任领导角色的女性，会被称为阳性的市长、总理或总统（il sindaco/ il primo ministro/ il presidente）。这种对阳性名词的运用，通过阴阳性标识的性别差异，和从诗歌到服装时尚的象征形式一样。这种差异本质上并不存在，我们之所以会看到这种差异，是因为象征的表现形式。女性经验被剥夺了自我言说的可能性，她们完完全全交付给了现有文化符号，以及操纵这些符号的掌权者[5]。

我想表明，虽然我捍卫那些天真的人，但我不会假装天真。我意识到我谈论的世界是一个已经被言说的世界，一个符号化的世界。但这并不意味着它掩盖了现实世界，因为这两个世界（如果我们可以这样称呼的话）是相互循环的，而这个循环构成了真实世界。被言说的世界和现实世界，单独来看只是抽象概念，尽管有些生活和思维方式接近于这些抽象概念。

通过自我意识的实践，我们会发现，真实世界是在语言和我们的经验的相互映照中呈现的。在我看来，这个发现等同于重新找回了起源的视角，世界和我们一起，在我们学会表达的那一刻诞生。在真实世界里，新事物会发生，这就是它的定义。在不存在象征的世界里，只有盲目的重复，而在约定俗成的象征世界里，所有发生的事件都可以预见。

世界诞生于媒介的完整循环，我的身体和灵魂，肉身和骨骼都包含其中。这个巨大的、富有生命力的循环并非乌托邦。人类生于其中，成长于其中，我们对语言、思想、心理健康的一切认识都依从这个观点：一个可以让生命涌现、成长并且具有意义的世界，是身体和语言的循环，这两者之间不存在哪一方占上风。

但它肯定不是个完美的圆圈，它催生的循环也并不完美，因为它无法让直觉和媒介达成一致。我认为，如果缺少这种对应，就会导致僵死真理组成的虚假世界，或别的虚构世界取代这个世界。

我在这章开头提到的协议,让我无法接受这两种世界。我的规则不仅仅适用于形而上学。它还排除了用约定俗成的世界复制经验世界的可能性。即使是约定俗成的世界,与那些虚构世界也没有什么不同,它们也会呈现出实体、定律和实践。这都只是为了让人感觉到语言可以自给自足。从这个角度来看,维特根斯坦的思想传记具有一定的教育意义,他的出发点是用一种逻辑正确的语言来代替普通语言,到最后,他相信普通语言很清楚自身在做什么,并且执行得很好。我们都知道,在维特根斯坦的研究里,观察小孩如何学习说话至关重要[6]。

约定俗成是个反复出现的模式。在每个时代和我们的文化领域都能看到它的存在,并且支撑着不同的立场。约定俗成的东西都有个共同点,就是假定语言和存在之间相互漠视。约定俗成是依靠虚假存在的虚无主义,我在前面反思存在的真实意义时提到过这一点。在依赖的同时也会抑制它,因为如果一个人把"存在"和"虚假存在"弄混,无法分辨言说之事和真实之事,小孩和女人往往会肆意伪装,其实他们是蔑视约定俗成的所有规则,和这些规定的严肃性。

黑格尔注意到了这一事实,就是在男性主导的社会和政治秩序下女性的处境，这启发他在《精神现象学》中写下了著名的一句："女性是对社会群体的永恒讽刺，她通过各种计策，把政府的公共目的变为私人目的……"

然而大多数时候，这种客观上的嘲讽并没有给女性带来快乐。对于女性头脑来说，采用约定俗成的做法算是一种权宜之计（女人把自己想象成是"人"，而不是女人，每个被解放的女人都拥有这种虚假的自由感和不朽感）。但更多时候是个陷阱。规则让我们决定词语的意义，决定某样东西是否拥有意义，决定意义是真是假。但如果我们把自身的理性拿开，这种理性包括我的经验和对自身经验的意义的渴求就会产生一个空缺，而制定和改写规则的纯粹权力会钻这个空子。事实上，约定俗成的规则具有等级，在这背后是制定和改写规则的权力，它们相互作用的方式，我称之为陷阱（不排除有其他称呼的可能性），否则我无法认识到它。

至于我的思考方式，也因为我对生命母体的依恋感受方式，我认为规则与其制定的原因无法分离，也与受之调整的生命实体无法分离。因此遵守规则在某种程度上总是带有爱的行为特征，无论什么规则，包括语法规则。但法律正好相反，它只是表达法律是一种非个人性的需要，但在内容上它总是暂时的、富有争议的。在法律空白处，所谓歇斯底里的女人，那个不想也不知如何脱离母亲的女人，就像掉进了一个陷阱，因为她把这陷阱当成了母亲，最后发现这是一个冷漠、疏离、死去的母亲。我永远不会忘记，当我意识到自己处于这种状况时所感受到的痛苦，我发现自己再也无法假装，也不愿去假装了：那是一种濒死的痛苦，只有后来获得的巨大幸福才能抵消这种可怕的痛苦，就是当我获得了真正的媒介原则，让母亲的替代和归还进入循环时[7]。

约定俗成的做法无法建立象征性秩序，正如人工语言无法替代自然语言。所谓的自然语言、母语、真实的语言，之所以区别于人工语言，是因为它们与现实之间的交流永远是鲜活的，而不是对现实漠不关心。它们随着不断变化的现实而变化，自主参与这种变化，更具体地说，或主动或被动，人类也卷入其中。我这里谈到的变化是语言生命中最明显的方面。但我们也想一想语言最普通的方面，元音和辅音的构成方式，想一想语法和句法，再看看语言作为一个整体是如何精巧、持续对应表意的需求，因此被排除在外的任何经验都具有得到表达的可能性。

在"血肉的轮回"这个意象中存在一个真理的概念。它的可言说性和它形成的背景成为一体，因为它的形成就像人出生和学习说话，在身体和语言的循环中，没有绝对的先来后到。

语境真理不应和相对真理相混淆,它不是和时间、地点等相关的真理,而是与这些因素一起形成真理[8]。真理诞生,并让它所参与的时代变成真实,就像我们可以从一些发明创造的故事中看到,偶然情况和必然条件是密不可分的,每件事情对于最后的结果都起到了作用。最后进行抽象化,即把真理转化成一种规律,带入到可重复的秩序中,这也是真理符应论的特点。正因如此,只有雪是白色时,"雪是白色的"才是真理。(值得注意的是,我们第一次看到雪,说出"雪是白色的",或是说出"雪是白色的",然后看到它,这也是一种发现。)

我对于真理的理解是,它的可言说性和语境密切融合,就像植物之于它的自然生长环境。简单来说,就是这个想法在我们的头脑里遇到了阻力,让它看起来行不通,因为这样一来就不可能进行交流,另一方面来说,也让它变得毫无意义。我们说,幸运的是,词语的意义并不完全取决于语境,有的话也是很小一部分,这就让我们能交流想要交流的东西,抛开可言说的原始语境。祖母让我们发现"雪是白色的",虽然她已长眠于地下,但这句话的含义仍然清楚明了。否则,这只是一种无用的古怪。

人类文明的最大特征就是商品化,这阻碍了我们理解语境真理这个概念。温和一点来说就是，在我们的社会里，似乎所有的东西都可以拿来交换，因此即使在语言交流中，忽视语境、无视差异似乎也变得很轻易，甚至是必要的。

这种普遍对等的观点，与我们作为言说者的经验相矛盾，就像语言的多样性和历史性。我们都知道，人们付出了很多努力来优化翻译器，至今为止依然存在无法逾越的阻碍。尽管如此，因为存在普遍的货币等价交换和"市场"这一象征结构，我们可以清晰地看到，可言说之物可以脱离所有语境，被普遍地翻译。任何东西只要进入市场，就会丧失它的特性，成为可以交换的商品。

表面上，市场之于商品正如语言之于我们的经验。市场让所有商品可以与任意其他商品交换，就像语言让我们的经验得以交流一样。但从交换的角度来看，市场比语言更强大，因为市场和语言的区别就在于前者拥有一个"普世的媒介"（马克思），从而消除了质量差异和时空距离。

这就是为什么马克思在对货币的起源和本质的著名分析中写道：不应当把货币和语言相提并论。在这之前他否定了一个类似的比较，即把货币和血液对比。之所以这种类比是错误的，是因为"当观点转化为语言时，其特殊性并没有被消解，它们的社会特点在语言中伴随其左右，就像商品价格伴随着商品"[9]。事实上，货币就是商品的社会特点，与商品本身脱离（抽象化），而语言的意义可以被视为我们自身经验的社会特点，基于经验和表达结合的循环关系，它并不是脱离我们经验存在的。

就像货币可以带来的分离，我们如果要承认语言的这种特性（体验和表意的分离），那就需要承认语言的可译性，从一种语言翻译到另一种语言，用一种语言取代另一种语言，能实现完美翻译——但实际上并非如此，我们只能希望如此。关于这一点，马克思提出了深刻的思考："思想要得到传播，变得可以交流，就要首先从母语翻译到一种外语。这些思想就可以类推了，类推的东西不存在于言语，而是存在于外语的特性中。"因此货币可以与能够完美互译的语言相提并论，然而完美的译文并不存在，如果存在也是在*母语缺失*的前提下，也就是我们生下来学会的语言，代替-归还经验的语言。

我认为货币像"外语"一样，和母语处于一种竞争关系，在人类的文明化进程中逐渐取代了母语。

马克思关于货币的分析在很大程度上证实了我的想法，但他并没有延展，连间接的展开也没有。马克思**看到**，货币通过它的方式跟语言竞争，即把人和物的盲目依赖转化为交换关系，正如他看到了基于货币而非语言的交换带来的畸形结果。例如,他写道:"在交换价值中,人与人的社会关系转化成了物与物的社会关系,人的能力转化为物的能力。"他再进一步写道:"经济学家也承认,人们彼此之间不交付信任,他们把信任寄托在物品(货币)之上……因为它物化了人与人之间的关系。"[10]

然而或许因为缺少了关于言语的理论,马克思并没有对此做出总结:商品交换取代了语言交流,这或许是市场的原罪。结果是他根本没有意识到:人类的决定性战场或许永远都是在象征秩序层面展开。

我并没有准备就此批判马克思主义,我也没有机会进行此类批判,但从我对马克思主义的认识来看,他似乎证实了我的直觉。例如,众所周知,马克思主义把普遍的抽象思想的出现与货币的使用联系起来。但如果我们抛开唯物主义决定论,交换价值与使用价值分离,变成一种抽象的真实,然后转化成一种思想的抽象,这是如何发生的呢?[11]

或许从我的假设中可以看到答案,依据这种假设,人类基于使用货币的社会化进程,取代了基于学习说话的社会化进程。金钱给人带来象征独立,表达却无法给人带来这样的确信,因为金钱不会结巴,不会口误,不会出现语法错误,不会有歧义,能让人马上明白……

小孩子的母亲和奶奶很清楚,她们带小孩子进行日常购物时会发生什么。面对货物，在进行买卖交易时，小孩很快会提出自己的要求，他们会变得很顽固、狂热，和平时的表现完全两样。我们无法用消费主义引发的恶习来解释这种现象。如果可以说的话，其实正好相反。我认为，那些进入市场的小孩领会了市场的象征性功能，他们说着买方的语言，这是自然反应，这或许是出自一种恐惧，担心自己会成为商品，或许是受到这种新的交流方式的吸引——用金钱交流如此简单有力。根据我的观察，在男孩身上出现这种行为的比例比女孩高，还有一点大家都知道，女孩比男孩更早学习说话，说得更好：在我看来，因为她们处在母系连续体的象征体系中，这对她们而言更为有利。

让我们重新来看一下马克思曾提出的但又被他推翻的两个比较中的第一个："把货币和血液进行对比——是'循环'这个词启发他这样比较，差不多就像梅尼乌斯·阿格里帕①把贵族和胃相比一样，有些歪曲事实，跟

---

① 梅尼乌斯·阿格里帕（Agrippa Menenio Lanato，？—公元前493年），古罗马贵族、执政官。在其担任罗马执政官期间，发生平民隐退以反抗贵族统治的行动。据罗马历史学家提图斯·李维记载，同情平民的阿格里帕用身体的各个部位打比方：人体的各个部位各自为营，都有自己的想法，其他部分对肚子感到愤怒——因为肚子在其他部分辛苦劳动为它提供食物时，只是平静地享受着。因此，其他部分联合起来，决定不再为肚子提供食物。但结果是各个部分和整个身体都变得非常虚弱。

把货币和语言相提并论差不多。"[12]

假设货币与母语存在一种竞争和替代关系,这两个比较所包含的意义都比马克思承认的意义要大,还有那个关于血液循环的比喻,如果我们考虑母亲和胎儿的关系。甚至是梅尼乌斯·阿格里帕打的那个比方,那是一个虚假、迷惑人心的对比,在当时的语境下,他提出这个对照是为了压制阶级矛盾。但如果我们考虑到这个比喻唤起的最基本的情景,那它就没有那么虚假(更让人信服)了,就是我们的身体对他人的依赖,首先是对母亲的依赖。在这个层面产生的矛盾会让人害怕,但同时也最公平,只有在这里人们才能冲破对矛盾的恐惧,甚至是最可怕的矛盾。

注 释

(1) E. Mach, *L'analisi delle sensazioni e il rapporto fra fisico e psichico*, trad. it. di Libero Sosio, Feltrinelli/Bocca, Milano 1975, p.287; una veduta simile ma piú approfondita troviamo in C.S. Peirce, *Pragmatismo e abduzione*, in *Le Leggi dell'ipotesi. Antologia dai Collected Papers*, testi scelti e introdotti da M.A. Bonfantini, R. Grazia e G. Proni, Bompiani, Milano 1984, pp.177—197.

（2）Cfr. sopra, Note II, 11.

（3）在一份尚未出版的手稿中，我希望它很快面世。

（4）我的女权主义者朋友指的是露西·伊利格瑞的《他者女人的窥镜》(*Speculum De l'autre femme*, Minuit, Paris, 1974) 意大利语译本中的副标题表述不准确:《窥镜，他者女人》(*Speculum. L'altra donna*, Feltrinelli, Milano, 1975); 更准确的说法应该是：作为他者的女人。

（5）这种论点认为，男人/女人之间的差异，只是现行文化规范的结果。这一论点在美国也得到了部分女权主义思想的支持，她们是所谓的后结构主义的追随者。这并非没有矛盾，正如下面的小例子所示。一家在我看来走在后结构主义最前沿的出版社，目录以"阶级、种族、文化传统、国籍、宗教偏好、性选择和性别定义的差异"为视角，展示其女性主义书籍 (Cornell University Press, New and recent books in Women's Studies, s.d., p.2)，其中只有性别差异被简化为定义：为什么阶级、种族等差异没有被简化？按照后结构主义思想，阶级、种族等差异同样也受文化规范的制约。然而在这些差异中，这个出版目录暗地里承认，无论文化规范是如何决定了这些差异，它们通过阐释向我们再现了我们经验中存在的某些东西，而性别差异消失了，被它的定义所取代，这些定义成为可以谈论的东西。困难源于这样一个事实:如果没有意识到文化规范的决定性力量——我们所认为的我们是什么、不是什么——性别差异的思想和政治也许就不可能存在。事实上,这种意识让我们作为女性不再认同的男性表现,而不必否认它。因此伊芙琳·福克斯·凯勒可以说"女权主义始于性别和性别之间的区别"(参见本书第四章第1条注释),但在批判性思维的静止状态下,这种区分是没有意义的。需要重提媒介的完整圆环,在里面"存在-本体"(如果我可以这样说的话)与"存在-词语"(如果我可以这样说的话)形成一个圆圈,被阐释者成为阐释者,阐释者成为被阐释者。

(6) Cr. W.W. Bartley III, *L. Wittgenstein e K.R. Popper maestri di scuola elementare*, trad. it. di D. Antiseri, Armando, Roma 1976.

(7) 我讲述过这一事实(*Il pensatore neutro era una donna*, in *Inchiesta*, anno XVII, n.77, luglio-settembre 1987, pp.21—23),这标志着我人生的一个转折点,对我至关重要,但是鉴于事情发生的年代,可能不是偶然。因为在1983年1月推出《颠覆》(*Sottosopra*)的主题为"女人比男人多"(*Più donne che uomini*)的特刊,后来又建立"钢铁喷泉"团体(Fontana del ferro),这个团体后来又创立了

"迪奥蒂玛"哲学团体，正是因为这个学会，我成为了一名哲学家。

（8）区分背景真理和相对真理有一个标准：与前者不同，后者可以翻译到其他语境中。我是从雅各布森的《编织或钩织》(*Maglia o uncinetto*, Feltrinelli, Milano, 1981, pp.84 sgg) 一书受到启发，提出"在语境中的可译"的概念。爱因斯坦的狭义和广义相对论揭示了背景真理的存在，并以从一种背景到另一种背景的可转译性方式，先行揭示了这一点。在数学和物理学中，这种可转换只需几个数学公式即可实现，而在人类现实生活中，事情似乎更加复杂，更具有挑战性。（注：在学校里，当我需要解释爱因斯坦时，我会先说：相对论和相对主义有天壤之别。而我的结论是：正如你们所见，相对论战胜了相对主义。）

（9）K. Marx, *Il denaro. Genesi e essenza*, trad. it., Editori Riuniti, Roma 1990, pp.52—53. 我想引用马克思分析的开头几句话。他从商品转化为交换价值开始："然而商品转化为交换价值，并不把它等同于任何其他商品，而是把它表示为等价物，表示它与任何其他商品的交换关系。"（第9页）然后是交换性象征："这种象征以普遍认可为前提；它只能是一种社会符号；它只能表达一种社会关系。"（同上）这里出现了一个决定性的事实："由于产品变成了商品，商品变成了交换价值，前者在头脑中就成了双重存在，一方面是自然产品，另一方面是交换价值。"（第10页）这时候出现了货币："交换价值从商品中脱离出来、和商品并存：也就是货币。"（第9—10页）

（10）Op. cit., p.31。在前面几页，马克思写道："所有产品和所有活动都分解为交换价值，这既预示着生产中所有僵化的（历史性）个人依赖性的消失，也预示着生产者普遍的相互依赖。【……】这种相互依赖体现在对交换的持续需求，以及作为普遍媒介的交换价值。"（第25—26页）马克思的这篇文本及其所揭示的市场的象征力量，也许预测了本世纪哲学对象征的发现。与马克思不同，索绪尔认为金钱和语言之间的比较是可以接受的："要确定5法郎的价值，我们必须知道：1.它可以兑换一定数量的物品，例如面包；2.它可以与同一系统的相似价值（例如一法郎）或其他系统的硬币（美元等）进行比较。同样，一个词也可以换成其他东西：一个想法。此外，它可以与具有相同性质的东西进行比较：另一个词。"索绪尔旨在证明"一个词不仅具有意义，而且最重要的是具有价值，这是完全不同的事情"（Saussure, *Corso di linguistica generale*, Introduzione, tradu-zione e commento di Tullio De Mauro, Laterza, Bari 1976, p.140），类似于马克思对使用价值和交换价值的区分。

（11）在这个问题上，我认为这本著作很重要：A. Sohn-Rethel, Lavoro intellettuale e lavoro manuale, trad. it., Feltrinelli, Milano 1977. La questione che sollevo, l'ho trovata cosí formulata dallo stesso Sohn-Rethel, in «Denaro e filosofia. Incontro con Alfred Sohn-Rethel», a cura di Helmut Höge, trad. it. di F. Coppellotti, in Linea d'ombra, n.51, luglio-agosto 1990, pp.60—64.

（12）K. Marx, Il denaro, cit., p.52. 经济学家和哲学家克劳迪奥·拿破仑（Claudio Napoleone）在思考如何从资本主义生产方式所代表的统治中解放出来时，在女性身上看到了抵抗这种统治的因素："实际上存在一些残余，一些躲避过审视的现实。【……】所有可能的残余，最重要的可能是女性。女性，作为她们的系统性条件，不仅作为所有人的个体处境，而且恰恰作为女性的系统条件；处于女性状态的人类，站在这种生产关系之外，就像一个控制数量导致质量被降低的生产循环；这就是为什么在整个历史上，直到今天——尤其是在资产阶级资本主义世界的历史上——妇女被边缘化，受压迫；正是因为她们在系统之外，而这可能是一个重要且普遍的残余。"(«La liberazio ne dal dominio e la tradizione marxista»（1986）in C.

Napoleoni, Cercate ancora. Lettera sulla laicità e ultimi scritti, Introduzione e cura di Raniero La Valle, Editori Riuniti, Roma 1990, p.46）在我看来，这似乎与性别差异思想，和女性作为"局外人"的主题非常相似。然而，正如马克思所缺乏的，这里缺乏象征秩序的概念，基于生育功能，女性的抵抗存在的风险，就是否定了女性自由的原则。

第六章
天壤之别

从我不再是个小女孩的时候起,这么多年里,我周围经常听到这样的讨论,就是小孩渴望认可和成年人需要独立思考之间的矛盾。我得说我从来没有专门思考过这个问题,我甚至不太想听到关于它的讨论。直到最近,我开始反对关于成年人需要独立的老生常谈。我得出了截然相反的结论,似乎这么多年以来,我一直反复思考这个问题,从某种程度上来说,这也是事实。

这不是受外部影响产生的想法,可以说在内心深处,我真的产生了这样的思想。首先我不需要成年人思想独立,以及实现其他独立。因为比起独立,我更想要的是(我的)思想和(我的)存在相对应,只有在这种对应中我才会很自在,才能在必要时说"我"和"我的"。其次我所寻求的对应,对我来说开始于承认内心深处无法抹去的依赖感,要接受这种情感,而不是按照教导去处事。就这样,到最后我需要证明思想的独立性时,我处于一种独立和依赖的新组合,并且从而因为接受了依赖,独立性变得更强了。

我想,依赖与独立这种交融带来丰富的结果,这也是在经历了与生命一样漫长的探索之后才出现的。我可以说,这跟我自己的成熟没有关系,童年的那种依赖感依然原封不动地保留在我身上。总的来说,要得出这个结论,我并不需要心理或道德上的进步,我必须说,也不需要智识上的进步。我所明白的新思想构成了这本小书的核心内容,正是因为有了新的组合,我才明白了这一点。[1]

这里所讲的变化,相当于篡位者或执政官成为合法君主的过程。依赖和独立形成的新组合,占据了我生命中一个被恶性循环占领的位子,我的生命实质和能量因此被消耗,现在产生了一种我们可以称之为"良性循环"的东西。之前一切也都存在,但可以说在错误运行。

我想,我应该停下来对这个问题进行反思,搞清楚这个过程是如何实现的。

否认依赖和独立之间不相容,在我之前就已经有人论证过这种立场的正确性,女性主义思想也对此进行了细致公正的研究。我尤其想到伊芙琳·福克斯·凯勒①《关于性别与科学》的核心章节"能动自主:作为主体的客体"。

---

① 伊芙琳·福克斯·凯勒(Evelyn Fox Keller, 1936—2023),美国理论物理学家、作家、女性主义者。

作者揭示了自主性和依赖性之间的互不相容，这是自主性的静态观念特征，以及自主性如何构建了权力的定义，"从这一刻起，所有权的合法性就存在于男性生殖器上"[2]。

从理论角度看，伊芙琳·福克斯·凯勒的目的是设计一个真实的心理成长理念模型，能协调依赖性和独立性。实际上，她想要促进一种新模式，以此替代当下男女社会化模式，这样一来，权力就会区别于支配/统治，权力就可以定义为"从双方的幸福和利益出发，而不是主要侧重于双方的矛盾"[3]。

她所描述的理想模式看起来很真实，很有吸引力，追求的目标也很崇高。然而我对她的论述并不是很满意，因为她没有解释应该如何实现自己想要的这种改变。我承认，人类普遍都存在对于真和善的追求，这也回答不了这个问题，它并不足以让我们从恶性循环中走出来，因为在那个恶性循环中存在所需的媒介本身的结构。

凯勒并没有忽视这个结构。在对心理发展进行分析时，她恰如其分地强调了心理"就其本质而言，无法避免存在循环和催化"，也就是说，同样的事实既是原因也是结果[4]。她也没有忽视这种循环会产生的问题，会削弱存在（我把这称之为"恶性循环"，而她则称之为"两难困境"）。事实上，她精确地描述了很容易发生在母亲身上的这种恶性循环，父亲在子女身上所实施的权力对于母亲来说有强大的吸引力，"因为她对这种（自己，母亲）贬值所进行的反抗，往往会加剧这种困境"。她进一步解释说，"侵犯型母亲是一个真实的角色，很多母亲在感受到自己的无力时，不知不觉就扮演了这个角色"，然而，"母亲越是带有侵入性，父权的干预就越受欢迎"。诸如此类[5]。

这种类型的分析不胜枚举，这表明以改变现存事物为目的而展开的批评是多么徒劳，现有事物之所以不断重复发生，并不是因为它被认为是好的，而是背后有个机制支撑它运行，无论我们的想法和评判有多么正确，但这个机制更加强大。那么，问题就在于打破这个重复的机制。如果这个机制一旦运行，它会席卷一切，包括我们对真和善的渴望，也包括我们担心自己被排除在外的焦虑。

并且这是个象征秩序的问题，而不是道德或心理问题。如果母亲的权威没有在我们日常遵守的象征秩序中占有一席之地，那么母亲的行为往往会被视为入侵，或者相反，被视为一种顺从，甚至两种情况常常同时出现。因为在缺乏认可的情况下，权威没有可行的参照，也很难被接受。在一个特定的象征秩序的恶性循环被打破之前，现实会继续朝着伊芙琳·福克斯·凯勒批判的方向发展，男性权力被加固，自主和依赖之间的对立不停被激化。

对于女性自由的可能性来说，最大的失序在于女性自身也对母亲的象征秩序一无所知。许多女性对母亲的想象与两千年前亚里士多德和柏拉图在他们的世界观中描绘的形象并无二致：母亲是一种无形的力量，或既定权力的迟钝阐释者。

时间本身并不具备改变象征秩序的力量，但物质现实会随着时间发生改变。对此我的结论是，时间和象征秩序是同等重要的需求，通过这两种媒介，我们得以思考现实世界。别忘了一点：时间也是一种秩序，我们给产生的经验秩序。一般来说变化需要时间，但象征秩序不是这样，相反，它的变化会打破时间，让时间停滞。因此当涉及改变象征秩序的问题时，渐进主义不过是一种回避策略。事实上，在这个层面，变化是在一瞬间产生的，要么就完全不变，两千年都不变。

要解释象征并不简单，它有实证意义，能对我们的经验进行实证，但在这个过程中它会隐藏起来。因此我们在解释它时，会不可避免地做减法。其中一种就是把心理内容剥离出去，这是我比较偏爱的方法，也是我在阐述以下论点时发现的：只有对自己的母亲心怀感恩，才能给一个女人真正的自我意识。我当时在一群女性听众面前发表演讲，并且补充道当我说感恩时，指的不是一种情感，因为这种情感可能存在,也可能不存在,而是从单纯的字面意义上来说的,就算我对自己的母亲没有任何感激之情或者怀有敌意,但这句话存在于我脑子里。这时我意识到,我把"感恩"这个明显只有心理含义的词剥离了心理层面的内容,我并不是在做元语言分析、思考意大利语中"对母亲心怀感恩"是什么意思。事实上,我发现在象征秩序层面上,这个词还有另一种涵义。在某些女性身上,它表现为一种痛苦的情感,失去对母亲的所有感激让她们很痛苦,事实上在我们这个父权社会中,很多女性都在遭受这样的痛苦。[6]

同样,可以剥离所有伦理和逻辑,来展示象征秩序的特征。但这并不意味着它不符合伦理或者缺乏逻辑,就像很多欧洲人在接触其他文化时,认为它们都不合逻辑,因为他们根本没有了解的意愿。一般来说,象征秩序不能拿来审判,因为它存在于判断之前,为判断做准备,按照呈现本身的自主秩序(而非现实秩序)来呈现现实。

我在前面描述的"权力过渡"在我身上产生了独立和依赖的新组合,它对应的就是象征秩序的变化。就其特征而言,这种变化可以被认为是一种革命性变化。也许所有带有激进和加速性质的革命性变化,都是以"良性循环"取代"恶性循环"的方式产生的。

这里又出现了区分内容和行为的问题。要了解革命是什么，我们不能认为象征秩序是一种可以构建的体系（比如经济、政治、法律体系等），这些相对要容易些——至少对于那些从事脑力劳动的人，他们比较容易保持距离，进行修订。而是要考虑象征秩序的当下性，作为我所依赖的媒介系统，我凭借它在表述我正在说的话还有我不能说出的话，通常是我可以说、想要说的所有话等等，都依赖于象征秩序。[7]

在媒介的"决定-被决定"的层面上，我是"被表达-表达者""施动-主动者"，等等。象征秩序在这一层面自我再复制，并发生变化。这是媒介必要性的水平，绝对的表达愿望和表达手段相连，直觉和媒介传递相连。结果成为原因，事实成为原则。在这个层面上，经验不再需要外部阐释，而是自我阐释，事实也不再作为纯粹结果呈现，而成为原则。简而言之，如果存在自由，在这个层面上才有自由。

但我们能否策划改变象征秩序呢？肯定是可以的，过去的历史也表明了这一点。可是，设想一种改变象征秩序的政策，就像我提出女性政治的建议一样？这有意义吗？

我认为是有意义的。毫无疑问，象征秩序属于人类现实的深层结构，是它让我们在不知不觉中成为这样或那样的人。然而我坚信,这并不排除它可以成为被修改的对象。

法国历史学家费尔南·布罗代尔提出了"无意识历史"的概念[8]。他说,在当前的历史之外,还存在一个更深刻、更缓慢的历史,也就是社会的无意识形式的历史,他是在列维-斯特劳斯①之后、马克思之前提出了这个概念。但布罗代尔补充说,明晰的表面——对他来说大致对应的是古典政治史,和晦涩的深层——也就是物质和象征的结构,它们决定我们是谁,我们说什么话,要区分这两者很难,往往也带有随意性。此外这种深刻、缓慢的历史,"人们往往能更为清晰感知到,只是不愿承认"[9]。这个论断对于我们理解当今这个时代很重要。事实上,正如这位法国历史学家所观察到的,如今人们越来越敏锐意识到了更深刻、缓慢的历史,甚至可以说是一场革命(布罗代尔称之为"精神革命"),他认为,这场革命的意义就在于公开面对半晦暗的地带,让当前的历史腾出越来越大的空间,并付出代价。

布罗代尔可能想的是一种思维方式上的革命,首先是

---

① 克洛德·列维-斯特劳斯(Claude Lévi-Strauss,1908—2009),法国人类学家,与弗雷泽/鲍亚士共同享有"现代人类学之父"的美誉。

历史学家推动的，但阅读他的作品让我想到了从意识觉醒中获得力量的政治运动。这两件事很容易结合：对于历史书写的重新理解，可以改变创造历史的方式。无论是哪种变化，都体现了我们对所处现实的认识，要比现实的复现表象更为重要，可以让存在这样或者那样。这也就解释了那些在现有权力结构中无法构建的主角。

首先腾出**旁边**的空间，正如布罗代尔所写的，这意味着要调整**复现表象**，但不是要彻底改变它。因为两个现实，即我们所处的现实和复现表象之间并不一定是互斥的关系，可能拥有一种丰富的对应关系。比如，我们可以在艺术创作或我刚刚提到的独立与依赖的新组合中，看到这种对应关系。事实上，在布罗代尔的文字里，我也读到了我自己说的象征革命。

但为什么称之为政治？答案非常简单，但需要进一步说明。称之为政治，因为它就是政治[10]。与象征秩序相关的问题必然涉及政治，因为它在某种程度上会决定社会秩序。物质力量再强大，但如果缺乏象征意义，也就无足轻重。如果这一点并不明显，那是因为环境的原因，政治的定义并不中立，它可能掩盖了涉及的某些利益。这也从另一方面证实了，在象征秩序的问题上，政治绝不会漠不关心。我们甚至可以说，政治的第一问题就是政治的定义问题。

我这样说并不是要提出政治的定义问题,恰恰相反,我的意思是,如果对词语的含义无法达成一致,那我们很有可能在某些实质问题上也无法达成一致。我想起了几年前我研究过的一个问题:我问自己,当下的政治,也就是政客们搞的政治,和我搞的政治有什么关系?为什么我们用的是同一个词语,表达的涵义却有那么大的差别?我几乎觉得这属于同音异义。当然现在我不这么认为了。或许有人会说,这是对政治的两种不同的理解方式。这种听起来比较合理的说法,我也并不赞同。我现在认为,我的政治和政客的政治之间存在巨大差异,这个差异反映了一种和象征权力相关的政治冲突,也就是媒介独裁的权力。

每种媒介独裁中都存在一个内部矛盾,现在我需要把它阐述出来。一般来说,这是存在本身和媒介的必要性之间的矛盾。因此这个矛盾涉及知识的原始结构,经验和逻辑的交织,然而,我更愿意用我遇见的特殊词语来阐述它。

最简单的阐述是我十年前在对古列尔莫① 异教的历史

---

① 古列尔莫(Guglielma di Milano,?—1281),属意大利神秘主义教派,曾被误称为波希米亚人古列尔莫。在她生前,宗教人士和非宗教人士都把她视为一种参照物,尤其是那些与米兰齐亚拉瓦莱修道院有关联的修道士,死后成为被崇拜的对象。

研究中提出的[11]。对与古列尔莫接触的人而言不管男性还是女性，她代表着一个新化身，他们把她看作圣灵的女性化身。在她身故后，诞生了由一位女性——梅芙蕾达·达皮洛瓦诺修女①领导的教会。值得注意的是，古列尔莫生前并不接受别人对自己的解读，虽然不接受，但她仍然与这些人成了朋友。古列尔莫教会后来受到罗马宗教裁判所的迫害和摧毁，古列尔莫的尸体被存放在米兰齐亚拉瓦莱修道院的墓地里，后来被宗教裁判所当众焚烧。回顾起来，除了审判记录外，关于她本人以及这整个事件的记忆都被荒诞地扭曲了。

于是我就想，古列尔莫教会的追随者的错误在哪里？如果我们承认他们首要任务就是捍卫古列尔莫伟大女性的身份。或者，她可能真是圣灵的新化身，但无法用当时社会可以接受的语言进行说明，而她的追随者还是尝试着解读了？

我在科学家、哲学家伊芙琳·福克斯·凯勒的一篇采访文章中也发现了类似的问题。她发表了一篇关于科学中潜在的性别歧视的文章（我在前面引用过）之后，有人对其中的观点持反对意见：你的批评涉及的是言语，而不

---

① 梅芙蕾达·达皮洛瓦诺（Maifreda da Pirovano，？—1300），意大利神秘主义教派修女。

是内容。她分析了一些科学理论,充分证明了有些内容就是基于性别歧视的假设。"作为一位分子生物学家,"她在采访中解释道,"我能够用相应的方法来证明和支撑我的观点。"但这并没能帮助到她,事实上她受到了严厉的抵制。她说:"在展示我的工作成果时,我感受到从未有过的愤怒,而接下来发生的是:我面前的所有大门都彻底关闭了。"(12)

上述的两个例子一方面是试图表达女性的视角,另一方面则说明了社会制定的规则限制言说和表达。在这两种情况中,想要说话的人都找到了自己的话语,但最终的结果都是不被接受,尽管她们很努力,想让这些话被接受。梅芙蕾达修女和她的追随者努力与齐亚拉瓦莱修道院这个强有力的集体结盟,推动民众对圣古列尔莫的崇拜。或许有人会反对说,这其实只是一种表象,而不是一种真正的媒介,事实上,从审判记录中就可以看出这一点。而凯勒的同事也可能会说出同样的话来,在她通过严谨、科学的方式证明她的认识论(或者说政治?)观点时,在这种不可判定性中,矛盾显现出来。

凯勒对此解释说:"在科学研究界,科学思想的本质只能容忍一定程度的批评,如果超过了那个度,你就出局了。"这个思考非常重要,这句话需要纠正的是:她只是提到了科学界，任何具有媒介性质、制造文化的团体和机构，而且这个团体或机构发挥的社会影响力越大，那么这条规则就越明显。在我们生活的这个时代，科学会传递一种确定性，它或许是最大的传播机器，这也就解释了科学界对待凯勒的态度为什么和中世纪教会惩罚异教徒一样。

这样一来，所有媒介专制的特征就显现出来了，它的规则服务于表意-传播，总体上也服务于其他社会需求，因此可言说的问题一直是一个社会秩序的问题。我已经提到过这一点，但是提到媒介，逻辑上不可避免要和其他类型的需要混合在一起。

如果是这样，那我们必须想一想知识的原始结构，并不仅仅是纯粹经验和逻辑之间的循环。它还有可言说性，这是历史条件决定的象征秩序的问题。可言说性取决于一个特定的文化提供的所有媒介，因此可言说性是无法脱离逻辑诉求的历史诉求。我们所说的语言能够给予我们的就证明了这一点：思想即语言，而语言是由历史决定。

索绪尔在谈论语言的任意性时，他已经抓住了媒介的这一方面。也就是说，媒介在逻辑上是必然的，但是它的形式并不一定如此。我在前面写过，媒介的循环不是完美的，因为它无法让直觉和符号所传递的完全吻合，而这就是我在这里阐述的想法。

这就让我们可以得出结论，首先经验及对经验的表达，不管后者多忠实，它们之间都存在着天壤之别。这并不意味着差别很大、极大或不大，因为它无法丈量，只是意味着它是无法弥合的，我恰恰是表意在忠实于经验时发现了这一点。其次这引发了象征权力的问题，这是一个最普遍意义上的政治问题。

事实上，如果经验和逻辑还不够，那是由谁或什么来决定可言说性？是什么让语言向我保证的介质循环得以存活，又是什么会让它死亡？我们如何把历史决定的媒介形式和其逻辑需求联系起来？

面对这种对女性独立思想的系统性隔离，不少女性思想家回应的方法是，让自己最大限度适应表意-传播的现行规则。当我遇到类似凯勒的情况时，我也是向这个方向靠近的：尽管她在表达自己的观点时特别注意，尽量遵循现有的规则，但这也并没能让她受到重视，反而遭受了更强硬的抵制。

因此我认为，我们应该朝相反的方向走，并不是自我疏远，这样会把自己边缘化，而是让建立一个新的象征秩序成为必要。我从一个很简单的论点开始：思想是媒介，社会秩序是媒介几乎连贯的、始终运作的集合。如果女性的经验无法成为真正的观点，如果女性的伟大很难获得支持，如果女性的自由被视为一种奢侈，像人们买的第二辆或第三辆车一样，那么有效的回应就是：抬高对真实、伟大、自由的要求，扩大我们对媒介的需要。或许正是因为我们的自我节制，才导致社会秩序下女性自由变得非必要，女性的独立思想也变得非必要。非必要的即无用：思想和自由实际上是为必要性秩序服务。

伊丽莎白·拉西[①]在《孕育者的语言：女性表达的经过和足迹》这本小书中阐述的观点，有的和我说的相似，有的则相反。她在书中对"自我节制"是这样定义的："那种要命的适度感，永远是女性生命经验、女性生命政治最顽强的敌人。"[(13)]

基于我的个人经历和思考，我认为女性的自我节制可以归根于我们与母亲之间悬而未决的矛盾，这导致我们无法实践最初关系视角。我需要把我对母亲以及所有母亲形象的厌恶表露出来，发现自己对她怀有深切的爱，我需要她的认可，也担心得不到这种认可。如果我没有解开媒介的母亲原则这个结，我强烈的表达意愿无法在遵循现有规则的前提下进入循环当中去，就像我在前面解释过的一样。最终我只能说一些听似很真实的话，不管这些话是真

---

① 伊丽莎白·拉西（Elisabetta Rasy，1947— ），意大利记者、作家和评论家。

是假，是可能的还是真诚的，在自我节制这个铁一般约束的死循环下，一切都会变得无关紧要。因此，当下对于我和其他人来说没有任何意义，对我来说，当下总是一种毫无意义的不幸的经历。

缺乏象征的现实是虚无的，这听起来很矛盾，事实上这是让存在成为存在的另一个必要的版本。有些哲学家认为，恶或许是一种"不存在"。但我认为，恶是虚无，当现实缺乏象征时，就会变得虚无。与这种情况相对应的就是孩子与母亲分离之后，找不到自己与母亲最初的共同点了。也就是说，孩子无法言说，这里的言说可以看作孩子重新找到与母亲共享的视角。我们永远都无法再次找到这种视角，鉴于所有想要表达的和可以言说的工具之间存在遥远的距离。如果不是有人要求我们说话，并保证可以理解所有我们想要说的，那么我们将永远找不到那个立场。

如果一个女人停止自我抑制，她会发现自己需要母亲的象征。我也是这么发现的，当我倾听自己内心巨大的恐惧和渴望，我就发现了这一点。女性所能使用的工具和她的需求不对等（这两者之间也存在着无尽的距离，或者说和前面的距离一样？），这会让女性无法脱离母亲，从而坠入童年时期那种无助的状态里去。

一个人可以任由过高的奢望、过分的欲望和暴力的情感进入生命,也就是说,任由这种不平衡和不对等冲击着自己的生活[14](《不对等》是比比·托马斯①的一本短篇小说集,主题是女性自由),但如果她没有更大的力量来平衡,这可以理解吗?我们不是陷入了一种恶性循环吗?事实上,我认为正是自我抑制的循环,可以破坏母亲的原则。我想表达的是,母亲的优越性和把她转化为象征权威的必要性,必须作为原则得到承认。

我在前面一直在想:如果经验和逻辑还不够,是谁、是什么来决定可言说性?我们必须承认,从真理的角度来看,没有什么实证可以与经验和逻辑相提并论。只是仅有这些依然不够。一方面,纯粹的经验并不存在,在任何情况下,经验都需要展示和再现。另一方面,媒介的方式是历史决定的。语言、科学界、教会、广播、电视、报纸,甚至学校、出版社等一系列机构可以被视为偶然、附带的产物,但并非全部如此。因为我在思考时也需要媒介,而我被无尽的距离贯穿,分成两半。我想的并不是灵魂或身体,尽管在过去这种二元化是解决问题的一种方式。我指的是,我身体里的每条血管和每个细胞都被媒介的专制分裂:它的必要性和不对等性就像一把钳子的两只钳牙把我

---

① 比比·托马斯(Bibi Tomasi, 1925—2000),意大利博洛尼亚人,记者、作家,《不对等》(*La sproporzione*)是其代表作。

死死钳住，没有任何逃脱的办法，除非了解并意识到这一点。

这种意识使象征发生改变，对我来说开始于当我说：我不是自己来到这个世界，并且自己学会说话的；我回到母亲那里去，重新找到我和她最初的关系，才带来了这种转变。

因此如果要问，谁或者什么东西可以决定可言说性的问题，我的回答是，首先是母亲的权威诉求，母亲的语言——第一媒介、第一符号是它的依据。科学界、议会、法院、市场和其他同等级的社会形态，包括对我教授和学习形而上学的哲学学院，这些也是有效但次要的实证，它们都在母亲之后出现的。

这一段论述让我们重新回到了母亲至上的协议。它向我们揭示，只要尊重母亲，我们就能在历史现实中创造出象征秩序，不管是男性还是女性。母性的原则在这天壤之别上搭起了一座桥梁，联结了媒介必要性以及它的历史形态的桥梁。因为历史形式总是可以修正的，在某种（无法衡量的）程度上，它总是具有任意性。我并没有把母性的原则排除在历史之外：我个人的历史就始于我与母亲之间的关系。然而我确实把它置于权威和权力之上，后两者的规则创造了社会秩序和象征秩序，任何一种秩序，如果一个人（不管是男性还是女性）发现自己生活在其中，如果不是因为出生，那么我们不得不说它纯粹是一种偶然[15]。

这段论述有两个层次，虽然它们不可分离，但必须加以区分。从容易理解的层面上来说，尽管还并不明显（但女性政治正在强调这一点），存在一种选择，可以做出选择，一是认同已经通过权力构建好的象征性权威，保证（或者说许诺保证，如果这里涉及已有的矛盾对立）某种社会融入，或者说，承认那个把我们带到这个世界上来、教会我们说话的女人的权威。基于这种关系，这种权威属于母亲，可是既有的权力篡夺了她的权威，凯勒的例子就是证明，科学界禁止她在科学家和女性这两种身份之间建立桥梁。

我用了"篡夺"（usurpare）这个词表明我选择支持母亲的象征权威。但在这个层面上来说，或许有点过了。事实上，在这个层面上也有不同的选择，有的人选择把象征权力赋予已经构建起来的权力，并融入进去（按照自身条件）。这些人并不是篡夺，而是取代，他们会用这个事实作为论据：童年阶段一结束，人就必须学会离开母亲。但我认为，这是一件可以做但不是必须做的事。不可否认的是，有一种象征秩序并不属于母亲。我选择去学会爱母亲，来代替童年时期对她的依恋，并且把我从母亲那里学会的语言视为这种知识的第一形式（原型）。我知道也有其他人做出了这种选择，但也有些人宁愿用另一种方式来代替这种依恋，也就是在媒介专制中进行努力，让自己完全投入到工作、国家、家庭、宗教或者别的体系中去，他们更愿意用后天习得的语言——人工语言或者金钱来取代母语，这也是一种选择。

在一种更深但也是更普遍的层面上，我们其实没有选择。存在一种女性经验，也不仅仅是女性的经验，但在已有的象征秩序或社会秩序里，我们无法找到表达。我们在这两种秩序里无法找到任何与它相关、有意义的交互影响，它既不受欢迎，也不受排斥，只有一些偶然的反应。因此这些偶然的回应会造成混乱，你也可以说会产生地狱。女性经验和符号化的文化之间缺乏有意义的交互影响，一个可怕的例证就是我们可以看到很多猎杀女巫的故事，尽管人们在这方面有大量的历史研究，但仍然无法对这种猎杀进行明确解释[16]。

存在社会化的主体，它会实现某种融合，还有"野蛮的主体"——我用这个名字来命名那部分人类经验，它超出了已有的社会-象征秩序下的媒介所能表达的。因此它在社会综合体之外，或者说它通过其他人的介入和阐释作为客体进入社会综合体。在女性政治开启之前，许多女性经验就是野蛮的主体。

对于这种处于社会秩序之外，或者很不舒展地处于社会秩序之内的经验，我相信只有一种可能的象征秩序，即能够赋予母亲权威的秩序。事实上，母亲的权威代表了一种原则，其自身具有最大的媒介能力，使得它可以把我们的身体存在和语言存在一同带入媒介循环中。它在地上就能实现这一点，而不是在天上——正如上帝对基督教徒许诺的末日那样。

在这个层面上，也就是创造象征的决定性层面上，我们没有选择，因此不可避免会产生斗争。例如，我们会对抗那些相信或者想让别人相信在没有选择时是有选择的人，我们也可以把这种立场称为多元论。我们必须战斗，为了不让母亲原则被现有权力体系下的社会综合体所取代。必须对母性力量进行社会解读，为了避免社会综合体固步自封，让社会对我们想要表达的一切（不管它们多么遥远，多么不符合常规）都保持开放。

对我来说，这种开放性是自由的条件。私有财产和权利是自由的次要条件，它们符合历史综合体，但无法理解我，就像它也并不理解绝大部分女性和小部分男性的人性。

注 释

(1)当我说"在新的组合之后",我不再指时间顺序,而是指逻辑顺序。我在这里描述的过程,从恶性循环跳到"良性"循环,是暂时出现的,但一旦结束它就不再是暂时的。这听起来可能毫无意义:我们的经历不都是沉浸在暂时性中的吗?然而如果我们承认,时间是我们的经验可以得到思考的中介,而不是它的剧场,我们就必须接受,可能存在一些过程,在得到逻辑结论后,"离开"了时间。除了文本中提出的之外,另一个例子是"现在,我们曾经都是自由的"的论断,"迪奥蒂玛"哲学团体结束了(参见本书第五章第7条注释)关于女性自由的讨论。然而这些陈述的自相矛盾的形式提醒我们,我们并不是处在媒介的要求之外。

(2) Evelyn Fox Keller, *Sul genere e la scienza*, trad. it., Garzanti, Milano 1987, p.131.

(3) Op. cit., p.134.

(4) Op. cit., pp.128—129.

(5) Op. cit., p.131.

(6)该会议记录文本发表于:Asso ciazione donne

insegnanti di Firenze, *Inviolabilità del corpo femminile*, Atti del Corso di aggiornamento Firenze 2 marzo-11 maggio 1990, pp.15—32.

（7）就媒介的需要而言，可言说的和可期许的并不处于同一水平：可言说的最大，可期许的最小，也许什么也没有。我指的是欲望的存在，而不是我们对这种存在的意识，更不是指它的形成和满足，这些需要媒介的渐强。事实上，一种未知欲望的存在会设法以间接的方式发出信号，精神分析教我们如何破译这种信号。追随自己的欲望，如果伴随着意识到媒介的必要性，会让媒介变得更简单、更有效。聆听自己的欲望是对抗扭曲的文化规范主宰的一种方法，因为它促使我们寻找新的媒介形式。西蒙娜·薇依甚至写道："我们身上只有一样东西是无条件的，那就是欲望。"(*La connaissance surnaturelle*, Gallimard, Paris 1950, p.94)

（8）E. Braudel, *Storia e scienze sociali. La lunga durata*, in *Scritti sulla storia*, trad. it., Mondadori, Milano 1989, pp.57—92（cfr. sopra, Note III, 1）.

（9）Op. cit., p.75.

（10）在这一点上，我不赞同我的朋友、哲学研究的同行者阿德里亚娜·卡瓦雷罗的观点。阿德里亚娜用令人信服的语言提出"聚焦于出生类别",之后她写道:"因此,这种关于出生的视角转变产生的重要结果是对社会领域的限制,即确认了一个限制,不仅是司法上的限制,而且是一种政治象征秩序的限制,它不得不剥离其总体和救赎性的视野,并让人类的意义存在于界限之外。"(Adriana Cavarero, *Nonostante Platone. Figure femminili nella filosofia antica*, Editori Riuniti, Roma 1990, p.85)在我看来,这段批评一方面不符合现代政治概念和实践,另一方面又过于顺从公共领域与私人领域的分离,这种分离正是女性政治产生质疑的地方。

(11) Guglielma e Maifreda. *Storia di un'eresia femminista*, La Tartaruga, Milano 1985.

(12) «Interrogando amorosamente la scienza. Conversazione con Evelyn Fox Keller», di Paola Melchiori e Luciana Percovich, in La-pis, settembre 1990, n.4.

(13) Elisabetta Rasy, *La lingua della nutrice*, Edizioni delle donne, Roma 1978, p.115. 除了我在正文中引用的段落之外,还有以下内容:"妇女被边缘化,被孤立在'中心',从其所谓的外部性出发,女性主义发现自己是其他运动或社会制度化情境的'内部'运动。【……】正是这种关于社会和政治的'内在性',标志着从女性主义运动向妇女运动的转变。"(第17页)"女性主义【……】再现并展示了妇女与社会、象征秩序的禁止关系。"(第19页)由于害怕承认女性在社会中的局外人处境，聚集和组织起来的妇女被认为是最后、可依赖的"别处"。乌托邦【……】或征服的领土：所有意大利政党都在尝试一种新的殖民，不再基于隐含的蔑视，而是基于公开的尊重。女性从"隐形"变得"更好"。(第19页)反对的部分见cfr. sopra p.127。

(14) Bibi Tomasi, *La sproporzione*, La Tartaruga, Milano 1980.

(15) 在这一点上，我同意阿德里亚娜·卡瓦雷罗的观点，她在评论分析妇女堕胎合法化的一份文档时写道，我们"最现实的武器"在于"正面反对对母体的司法侵犯，它本身会躲避任何规范"。(Adriana Cavarero, *Nonostante Platone. Figure femminili nella filosofia antica*, Editori Riuniti, Roma 1990, p.81)

(16) 在猎巫的过程中，无论是当权者的著作(如经典的R. Mandrou, *Magistrats et Sorciers en France au XVII siècle*, Plon, Paris 1968)，还是受害者撰写的——虽然他们写的很不容易被看到，一些重要的交融最终建立起来。这是一个缓慢且不完整的过程，几乎和猎巫的过程一样漫长和混乱。对此我们必须永远记住，这种迫害也一步步伴随着现代社会的形成：但人们倾向于将其归入中世纪历史。最初的猎巫事件发生在1390年的米兰，两名妇女成为受害者：西比拉（Sibilla）和皮耶琳娜（Pierina），她们是女性神灵的崇拜者，她们称之为"东方的圣母"和"游戏的女王"（见我的著作：*La signora del gioco*, Feltrinelli, Milano 1976, pp.147—155）。我很高兴在这部书的结尾部分提到这两个女人，还有她们神秘的宗教。

注 释[①]

第一章　开端的困难

第1页：我无法开端，关于这一点我能写点什么呢？我不知道，因为要写的东西从来都没有成型：极有可能是我现在写下的。但我知道要写的主题：女性政治。在意识到哲学对于我来说是个陷阱的那一刻，我就开始写作了。哲学许诺教会我要用完美的逻辑开创一条道路，这逻辑里面饱含着"反母亲"的痕迹。我知道，这种承诺就在我心里，我没有放下开创一条完全符合逻辑的道路的想法。我想说，我找到的开端并不是放弃了那个要求，而是和它达成一致，让它不再和那给我生命的女人从一开始给我的爱产生对立。

第2页：我无法准确说出我对于逻辑和符合逻辑的理解，也许后面我会明白。在哲学作品中，一个类似的疑

[①] 作者在原书注释部分采用"××页"和严格的文献来源标注穿插的形式，中文版将文献说明置于每章末尾，将作者就"××页"的注释汇编于此，并依据中译本正文页码进行调整。特此说明——编者

虑可能有点说不过去，却有理由。假如不确信，与其说做出一个错误的定义，最好还是不要轻易给出，因为它的名字和历史都要求我们严谨。我说的这些就比较符合逻辑。

第8页：我们把母亲称之为生命的作者。那父亲呢？父权开始衰落时，这个问题就提出来了。也就是说，或许在今天。如果我们重视童年的视角（我想，在这个方面，本来也应该得到重视）父亲首先是母亲的伴侣，是她为了她的"作品"，为了陪伴，选择或者接受的男人，其次是她的话，他会被认定为"共同作者"。

第10页：我最开始在哲学中寻找，在不知道的情况下，我想要找到解决我的象征失序的补偿办法，但没有找到。我宣称我的目标是象征独立，也就是说，大概可以说是"我"（io），也包括我，实际上我只是"我们"（noi），或者是一个无人称个体（比如在值班的护士手里）。这两者之间的关系是可以猜测出来的；我们不难发现，不会爱母亲，可能会让人很容易受制于其他人或者东西。存在一种女性对现实的抗拒，比较糟糕的表现是对爱情的幻想，另一方面表现在不愿去做该做的事情。西蒙娜·薇依在她的《伦敦文稿》中提到，她完成一些简单的任务时表现出来奇怪的无能，比如说打扫自己居住的房间，那也是她强加给自己的要求。有一种女性特有的美德,就是温顺和勤劳,我觉得,这掩盖了它的描述对象身上缺乏的某种重要品质。这为我的研究提供了一个有用的线索。我觉得,就像幻想爱情——这是女性能量的真正"大出血",也是对于必然性秩序的反叛(这耗费的能量也难以计数)会引导我们会学爱母亲。我从露西·伊利格瑞的一场研讨会的标题《与母亲面对面》中获得"与现实面对面"这个表达。(*Sessi e genealogie*, La Tartaruga, Milano 1988, pp.17—32.)

第11页:在这次研讨会(与母亲面对面)上,露西·伊利格瑞提出了在我们的社会秩序开始的弑母:"俄瑞斯透斯[①]杀死了母亲,因为上帝-父亲的帝国要求他那么做,要求他占有大地母亲的古老力量。"(op.cit., p.22; or., p.24)。另外还有:"男人,男人的群体,把自己的性别变成了统治母亲力量的权力。"(op.cit., p.28; or., p.29)

第12页:我有两次中断了对于经典哲学的批评,古代的和现代的。我说,这些批评可能是正确的,但是次要的。同样我可以说,由当代思想推动的针对古典哲学的批评以批判思想著称,比如说由德里达、福柯、瓦蒂莫为代表的后现代思想,实际上很孱弱。对于逻各斯中心主义

[①] Oreste(s),也有译作俄瑞斯忒斯,古希腊神话中阿伽门农之子。

的批判（在女性主义这里成了对逻各斯阴茎中心主义的批判），也许是对的，但是从逻各斯中心主义经验角度来说，就像我的经验，这是次要的，因为其中仍然存在象征的失序造成。倘若我的任务是批评西方哲学，我不会再延续他们的批评：我只需要忘记我从来无法真正掌握的东西。

第14页：女儿对母亲的仇恨已经理论化了，在弗洛伊德之前，萨德侯爵把这种仇恨和女性的性解放放在一起进行谈论。"我希望法律能让她们想委身于多少男人都可以；我希望她们可以获得许可享受所有的性乐趣，包括身体的每一部分，就和男人一样。"在《闺房里的哲学家》(*La filosofia nel boudoir*)一书的第五个对话中，有这么一段；在第七个和最后一个对话中，年轻的欧也妮受一群浪荡子调教，享受性与爱。她对前来带她回家的母亲说了这样一席话：

> **米斯缔瓦夫人**：欧也妮，我亲爱的欧也妮，听一听给了你生命的人最后的恳求：我的女儿，这不是命令，这是祈求！你和这些妖魔鬼怪在一起，真的是太不幸了；你要跟我回去，远离这些危险的关系！我跪着恳求你了！（她说着向前跪了下来）

道尔芒斯：这就是母亲的演出……眼泪……来吧，欧也妮，你们还不感动！

欧也妮（衣不遮体，好像想起了母亲）：看吧，我的妈咪啊，我给您看我的屁股……正好对着您的嘴；亲亲我的屁股吧，吮吸它吧！这是欧也妮唯一能为您做的……你要记住，道尔芒斯，我会一直做你的好学生，好好表现。

这幕情节一直向前发展，幻想的暴力越来越强烈。可怜的米斯缔瓦夫人是女儿的牺牲品。而弗洛伊德的语言很明显不同："我们现在把注意力放到一个具体的问题上，即是什么让女孩对母亲的强烈依恋终止了。我们知道，按照习惯，这是无法避免的结果：依恋最终要让位于对父亲的情感。这里我们会遇到一个事实，给我们指明道路。在这个变化的阶节点上，这不是个简单的客体变化：和母亲的脱离最后会变成对母亲的敌意，对母亲的依恋会转化成对母亲的仇恨。这种仇恨会变得很明显，而且会延续一生，之后可能会被小心地补偿；但通常这种仇恨一部分会被超越，一部分会保留下来。"（*Introduzione alla psicoanalisi*, in Opere, volume undi-cesimo, trad. it., Boringhierl, Torino 1979, p.228）虽然两个作者用了不一样的语言，但他们引人注意的地方是：把父子关系和母女关系并行，都标记了一种必要的反抗和象征性的弑杀。在两位作者看来，女性的性也是基于男性的模式。按照这种设定，男人是女人的范例，这是当代男女平等的根基，没有性别差异的思想。这也已经嵌入了我们的文化，说明了这样的事实，性别平等是一种强加给女性的装置，没有别的替代路径，除非回到传统的附庸状态，两性又落入不平等的恶性循环之中去。

第14页：我再次回到象征的独立问题。如果有象征的秩序，那就有象征的独立。象征秩序的概念，源于我们这个世纪的哲学研究（也许是这个时代最主要的哲学成果）。根据我的阅读，这项研究开始于维特根斯坦的《逻辑哲学论》，并不排除其他因素。我可以不失敬意地坦白，这本书非常怪异，因为它阐述了一种言语的理论，一方面是基于罗素充满争议的对逻辑的解释，另一方面是对言语哲学的基本知识的无视。但它有个巨大的功劳，就是伴随着它的失败——把实证主义哲学和科学研究的整个历程带入失败，它揭示了这个方向的研究可以言说"一切"，却不会谈及我们感兴趣的。我在这里引用这部作品的最后命题："6.52 我们觉得，即使一切可能的科学问题都已得到解答，也还完全没有触及到人生的问题。当然那时不再有问题留下来，而这正是解答。"① 象征秩序的概念，基于它的决定性分量，进入到我的文字、我的存在中，是当我发现，我称之为逻辑起始的东西也就是学会爱母亲。我对逻辑秩序和象征秩序做出了什么区分？几乎没有做出区分，虽然两者之间差别很大。比如说，象征秩序要成为象征秩序，这依赖于它被接受的过程。这就意味着，它是历史形成的，是可以改变的。这就解释了为什么它会被宣传，比如说通过教育强加于人。当象征秩序被承受，我们可以认为那不再是一种秩序，而是一种失序，以各种方式体现出来，其中就包含性格障碍，还有智力缺陷。这都不是心理问题，而是一种象征秩序的问题，就像弗洛伊德和心理分析体现的那样。还有基于力量关系的社会秩序，哪怕是弱势群体也要承受这种秩序。这三种秩序（或者，如果大家更喜欢这么说，那就是人类现实三种维持秩序的机制）总是一起发生作用，但有时候很和谐，有时相互发生冲突，有时很混乱，相互削弱。我觉得其中最主要的、但不是最强大的，是象征秩序，因为原则上其中存在着自由，它不在逻辑中，也不在社会中，虽然思考、社会行动是表现我

---

① 中译本引自《逻辑哲学论》，维特根斯坦著，贺绍甲译，商务印书馆，1996年。原文注为 Tractatus logico-philosophicus, trad. it. di A.G. Conte, Einaudi, Torino 1964, p. 81。

们的自由或不自由的时刻。统治着我们、让我们自由的象征秩序首先就是我们说的语言，我们特有的象征秩序也会在语言方面会精确地表现出来。

第15页：关于界限（知识和权力），我想说，我属于那些不承认绝对限制的人。我想提出这一点：我们设定界限，就是为了突破它。实际上，界限已经被潜在地突破了。当下有一种关于界限的女性论断（比如在苏联，乌克兰的切尔诺贝利的严重核电事故之后，科学的发展方向），带来的并不是对于界限的突破，我担心这会限制女性的自由追求，在父权的象征秩序中，女性被看作（自视）绝对界限的承载者。女性欲望的失语状态就会带来这种结果，男性称之为"阉割"，我感觉这在科学的女性主义哲学中很常见。

第二章　学会爱母亲，如同存在的意义

第22页：在女性和母亲的关系中，也包括这样一个事实：女性可以成为母亲，很多女性都会成为母亲。我不会停留在成为母亲这件事上，这个经历我自己也可以体验。这在我们的文化中，具有重要的意义，被认为是女人生命中最重要的事件。我不赞同这种看法。成为母亲在象

征界有着很重要的位置，我想这重新调整了一个女人和她母亲的关系：有欣赏、模仿的方面，也有嫉妒、敌视、竞争，或者充满爱意的遵从……成为母亲在象征界的重要性，背景是和自己母亲的关系，我要说的就是这一点，让读者自行推断母性的意义。对于那些不会成为母亲的女人，可以通过逻辑推测她们对于母亲的成果没什么可说的，这就解释了很多"小姐""老姑娘"或"单身女人"身上散发出来的自由气息和力量。

第23页：很难无视"现实的"和"象征的"之间的对立，但需要能够抓住母亲原则的意义，我现在试图展示出这一点。实际上，很难不依赖这种对立，来定义"真实的"和"象征的"的意义。然而一种真实的象征是可以成立的，比如文学作品。小说不是基于公理和演绎的原理，虽然一些小说，比如英国女作家康普顿·伯内特（Ivy Compton-Burnett）的作品，它们的故事情节就像定理一样符合逻辑。他们怎么做到的呢？让事实、原则、欲望成为推理的原则。一种象征现实之所以成立，"真实"通过它的效果，而不是通过介绍表现出来，小说中是这样，生活中通常也是这样的。我们举个很小的例子：最近的海湾战争正在使人们发生改变，不是真正分析思考的一种结果，而是很多分析，任何战争的可能的假设都被提出来了。女性政治也可以看作一种象征现实,因为它会让性别差异带来女性的自由(针对之前的不自由的传统结果),但是没有提供作为女人或男人的定义和表现。这种操作可以成为可能,因为按照雅各布森的著名理论,言语遵循两种原则:比喻和换喻。

第28页:关于求知欲是男性对于母爱的升华,弗洛伊德的观点最经典(《达·芬奇的童年记忆》)。知识被认为是类似于向上接近于一个难以抵及或者难以穷尽的客体,这在哲学家中非常普遍,在普通人中也很常见,能抵抗最基本的批评,就好像不可能靠近,或者远离一个明显无法抵及的目标。弗洛伊德的阐释的贡献,就是给本身没有逻辑的想法以意义。

第31页:关于存在的意义,我更倾向于承认"积极性"(positività)和"在场"(presenza)(除此以外,还有伊迪丝·斯坦因重视的"展示""表现",以及柏格森的"创造性")。海德格尔会反对"在场",因为那是把存在理解为参照某种时间模式,即"当下"(同上,第36页)。如果我们不把时间理解为一个剧场,而是理解成可思性,即我们的经验对媒介的需求(在这个意义上,就像言语一样),那么这种批评就不会影响我们。现在相对于过去和未来而言,它是媒介需求的准确悬置。在我看来;海德格尔在另一点上也忽略了存在的意义。他写道:"存在不是一个单纯的在场,它还需要补充某种权力,但相反,首先是存在的可能。"(同上,第156—157页)显然"可以存在"也是一种积极性。但海德格尔把"存在的可能"放置于"在场"之前,把这种积极性变成了一种消极力量,正如西方革命史所显示的那样,在那里实现新事物的张力,往往变成了对积极存在(因而也是对"存在的可能")的破坏性力量。

第三章 语言,母亲的赠礼

第64页:我对"部分存在"与"整体存在"之间关系的论述太少太零碎。在言语中,这些关系多种多样,各具特色。也许没有什么比对它们的分析,更能让我们把握象征与自然和逻辑的区别。(Si veda, in proposito, R. Jakobson, *Parts and Wholes in Language*, in *Selected Writings, II*, Mouton, The Hague-Paris 1971, pp.280—284)在"部分与整体"的关系中,我将结构语言学的"参与式对立"(participative opposition)纳入其中,即A与A+非A之间的关系(参见K. Togeby, "Theodor Kalepky et les oppositions participatives", in Immanence et structure,

Akade-misk Forlag, Copenhague 1968, pp.45—50）。这种关系或许包含着符号独立性原则。它同时表达了部分、整体的独立性和片面性。过去当我撰写《编织或钩织》(*Maglia o uncinetto*, 1981) 一书时, 我认为符号的象征关系是部分和整体的关系。在我看来, 这与在上文的雅各布森引文的结论中所表达的思想是一致的。

第71页: 弗洛伊德和拉康对历史的不同立场在他们各自的女性理论中显而易见。弗洛伊德在专门讨论这一主题的课程结束时, 提出告诫说: "区分哪些是性功能的影响, 哪些是社会规范的影响, 这并非易事。"(*Opere, volume undicesimo*, Boringhieri, Torino, 1979, p.238)相反, 拉康倾向于强调历史条件与理论原因之间的巧合: "这些女人(不是所有)的女性性别化不是通过身体, 而是言语逻辑需要带来的结果。事实上, 语言存在的逻辑性和连贯性［……］要求这一点。"(*Le Séminaire XX. Encore*, Seuil, Paris 1975, p.15)"同样的动机［孩子与母亲的非同一性］使得现实世界中的女性在交流中充当客体, 她们并不是不乐意, 她们在基本的亲属关系结构中找到了自己的秩序。"(*Ecrits*, cit, p.565) 我更接近拉康而非弗洛伊德的立场。也就是说, 我不认为历史可以被视为一个独立的因素, 因为文化规范支配着历史, 也支配着我们。我之所以脱离拉康，是因为我认为，我们可以通过在象征和社会秩序中引入例外事件来创造象征。

第72页：我的论点很简单：我坚信我们从母亲那里学会了说话。我很高兴这个表述与一个大家最熟悉的事实相对应。更确切地说，我认为身体的存在（或拥有身体）和语言的存在（或拥有）是一起形成的，而母亲的作品正是在于这种联系在一起。中世纪编年史记载：腓特烈二世皇帝为了试验人类是否会自发使用语言，是使用希伯来语、希腊语还是拉丁语，将一些新生儿托付给奶妈，并禁止她们对婴儿说话。实验失败了，因为那些孩子都死了。诸多否认我们从母亲那里学会说话的事实的言论中，让我印象深刻的是伊丽莎白·拉西（Elisabetta Rasy）的观点，她在《保姆的语言》(*La lingua della nutrice*) 一书中写道："孩子在一段时间的缄默后，就会失去自己的习惯用语，失去他与奶妈共同拥有的完整而独特的语言——雅各布森认为这是一种具有精神疾病特征的语言，产生于象征秩序。孩子失去了自己的习惯用语，在语言中出生，而女人——女人始终是哺育者，她保留了这种语言。"这些话可能与雅克·拉康的思想不谋而合；我尤其想到了《论精神疾病的治疗可能》(*Du traitement possible de la psychose*)，在该书中我们读到："正是在父亲比喻的失败中，我们制造了一种缺陷，成为了精神病的基本条件。"(*Ecrits*, Seuil, Paris 1966, p.575)。我的朋友 D.B. 也基于对拉康的道听途说，认为父亲的象征必要性。但更重要的是，她没有任何东西来反对这种道听途说。或者说她有事实，却没有理论，换句话说：她没有语言来让人"看到"事实。

第72页：我说的是与母亲进行象征存在的基本协商，但没有说它包括什么。我想到了妇女运动中的不平等做法："为了使女性的差异能讲述出来，出现在社会的公众讨论之中，成为每个女性认识和力量的起点，让她们改变既定现实，母亲的形象必须作为起源的形象，对女性具有重要意义。性别差异的最初表述[……]通过女性之间的不平等实践被激活，最好依靠一个自己的同类来面对世界。"(Libreria delle donne di Milano, *Non credere di avere dei diritti*, Rosenberg Sellier, Torino 1987, pp.138—139) 这种做法改变了父权对妇女关系的规定，同时也改变了女性与母亲形象的关系。在西方思想史上，詹巴蒂斯塔·维柯（Giambattista Vico）和他的"真实的事实"（verum ipsum factum）原则就提出了，在某种程度上，在展示真实总是对真实的修改。

第73页：学会言说，同时对存在者的现实会发生改变。我能感受到，从根本上说这种是摆脱了对孩童状态的蔑视，以及对母亲的敌意，也就是说，这符合母亲的象征秩序。这种学会说话，不是修辞技艺层面的问题，虽然存在一种方式靠近的方式，可以让它成为学会爱母亲，知道如何在母亲的秩序中的起始。我遗憾的是，我做的事情（写的书）、我的研究没有朝着"懂得如何说话"这个方向发展。例如我写道，如果不建立象征秩序，就无法纠正社会失序：也许是因为每一种社会失序（想想阶级分化、性别歧视、市场的无上力量）最终都会导致象征失序？或者是因为纠正不公正本身会造成象征混乱？波尔布特（Pol Po）的柬埔寨革命就是一个极端的例子。但整个问题需要进一步思考。我没有朝着这个方向去思考，而是根据语言的相互制约进行推理，因为它挡住了我的去路：也许我别无选择。

第75页：我的文本中有一处矛盾。我说：语言的僵局，应解释为回到对母亲的依赖。然后我又说：我说的不是倒退，因为需要的状态在我们的生活中一直存在，把需要放在首位并不是倒退，虽然"需要可以用语言表达出来"；但问题难道不是因为失去语言而产生的吗？这种矛盾会不存在，如果我们考虑到存在着一种隐喻式的言说，它没有独立于世界的象征，而是要依赖特定语境。正如雅各布森在《语言的两个方面和失语症的两种类型》

一书中指出的，这是一种微不足道的言说，但很适合表达需求。

第76页：《把世界放进世界》(mettere al mondo il mondo)是我参与编写的哲学论文集的标题，作者都是"迪奥蒂玛"哲学团体的成员（La Tartaruga, Milano 1990）。这个标题是我自己起的，也许有人会认为这与我的假设相矛盾。我的初衷是不对母亲的作品进行隐喻说明，假如母亲的工作不包括教孩子说话。孕育世界其实并不是什么隐喻，而恰恰是我们与母亲，或者说与扮演她的角色的人一起做的事：学会说话。诚然，这一观点不能从那本书中得出，更不能从我的文章中得出，因为我在那些文字中浅尝辄止，没有深入谈论。

第77页：但所谓的母语会通过很多种方式阻碍女性主体的自我表达，及其对经验的表述。词库中对于呈现女性是什么、做什么的词语很匮乏。语法规则抹杀了女性主体的存在，例如在家庭群体中用阳性复数抹去了女性的存在。（参见 Luce Irigaray, *Le temps de la différence*, Livre de poche, Paris 1989, pp.58）因此语言作为一种社会产物，再现了女性主体在社会关系体系中的历史处境。然而语言并不能简化为一种产品，因为它反过来又是社会的生产者，开始于与母体的生命和言语交流。因此基于这一点，它能够有效帮助女性提高意识，掌握话语，事实也证明了这一点。正因为如此，我反对对语言进行任何**法律上**（ope legis）的修改：这是不必要的，也是一种糟糕的补救措施。"虽然语言是我们的母亲"是三位教师/语言学者维塔-科森蒂诺（Vita Cosentino）、弗朗西丝卡-格拉齐亚尼（Francesca Graziani）和加布里埃拉-拉泽里尼（Gabriella Laz zerini）就该主题撰写的短文的标题。（Cooperazione educativa, La Nuova Italia, Firenze; mag gio 1990, pp.14—18）

第四章 母亲的替代品

第86页：我意识到将女性也或多或少创作出贡献的文化，称作男性文化是有问题的，我自己也尽了微薄之力。我之所以称其为男性文化，是基于媒介的行为中优先的权威，这在每种文化中都很重要。在这种文化中，权威倾向与身为男人相一致，这就是男性文化。这是一个象征标准（权威是象征性的，否则就不是）。我表达自我的文化是女性文化；它也包括男人，比如柏拉图、我的父亲或我的哲学老师，但它是女性文化，因为那是我的媒介权威。

第94页：关于歇斯底里症的文献浩如烟海，我所读到的相对较少,但其实也很多,我只想列出一些: Ilza Veith, *Hysteria. The History of a Disease*, The University of Chicago Press, 1965; J. Michelet, *La strega*, trad. it. di Maria Vittoria Malvano, Einaudi, Torino 1971, specialmente per il celebre fatto delle Orsoline di Loudon(pp.149—160); Aa. Vv., *La stoffa del sogno e il nostro divenire etico*, Centro documentazione donna di Firenze, Quaderno di lavoro n.4, Firenze 1989。在弗洛伊德的诸多论述中,我将引述《女性的性欲》(1931年)中的一段比较长的话:"在我看来,对母亲的原初依恋的一切都是在分析中难以把握的,这个领域很遥远,黯淡隐晦,几乎难以重新激活,仿佛落入了一种极端难以移除的压抑。但也许我的这种感觉是因为找我进行精神分析的女性,她们从我研究的前阶段走出来,都执着于对父亲的依恋,并躲避于其中。的确,看起来那些女分析师【……】能够更容易、更明确地感知到这些现实,因为在治疗这些病人时,这很有帮助,她们移情到一个母亲的替代品上。在我这里,我没有办法完全进入到任何一个这种案例中,因此我只能报告一些普通结论,写出一些论文来说明我得到了一些认识。其中一种猜想就是,依恋母亲的阶段与歇斯底里症的发作有特别密切的关系,这一点都不奇怪,如果我们考虑到,这个阶段就像神经症一样，都是女性特有的特点。进一步进行推测，在这种对母亲的依赖中，可以看到女性后期出现偏执的萌芽。"(*Opere*, volume undicesimo, Boringhieri, Torino 1979, pp.64—65)

第95页：一个女学生用母亲的权威来捍卫自己的宇宙观，这一事件凸显了一个政治问题，即构成象征秩序的权威与其他机构（教科书、现行法律、科学协会等）之间的冲突。我认为在许多情况下，通过适当的调解这种冲突是可以有效避免。例如在这个案例中，我们可以告诉学生，在我们所说的语言中，我们脚踏的那个地球被称为地球，这个地球是圆的（给她证明），给她讲解当前的宇宙学理论，这是近几个世纪以来许多人的共同观点。

第101页：在重读抵达媒介的原则的故事时，我注意到我忽略了最能体现解脱感的方面，那就是在那一刻，我发现自己摆脱了上千条规则的束缚。遵守规则的义务与不遵守规则的冲动同样沉重地压在我身上。这种解脱并不是以神秘主义的方式，即超越媒介的专制，而是更简单地说，我抓住了它的原因。从文字中可以明显看出，我写这个故事时想当然地认为，我会也应该找到新的规则。现在我不再这么想了，要想处于母亲的象征界之内，语境背景和公认的媒介必然性就足够了。我越来越相信，在这种关系之外，只有法律。

第五章　血肉的轮回

第119页：我经常对"主体"这一术语和主题进行阐释，但我不知道这一概念对我来说是否必要。在我看来并非有必要；我觉得采用这个词是出于方便，为了使自己更容易被理解。我这样说并不是要拒绝它，而只是宣布它不再不可或缺。在我看来，关于性别差异的思考与哲学的思考的主体相反。我们说"性别主体"或者"女性主体"，但这种并置产生了什么？事实上，有什么东西在这种并置中存留下来吗？我不确定。我在想，主体与性别差异的并置，是否从一开始就旨在消灭其中一个，即主体。也许主体正在让位于另一种存在，即"血肉的轮回"。我的表述含糊不清，因为我正在努力去看清楚。在哲学之外，在神秘主义传统中，围绕着可以称之为"自我之死"，形成了一个思想脉络：我想到了西蒙娜·薇依最后的作品，贝特森（Bateson）最后的作品《天使游移之处》(*Dove gli angeli esitano*)，法奇内利（Fachinelli）最后的作品《狂喜的头脑》(*La mente estatica*)。卡拉·隆齐（参见本书第四章第10条注释）也对神秘主义研究表现出浓厚的兴趣（参见 *Itinerario di riflessioni* in Aa. Vv., *È già politica*, Scritti di Rivolta Femminile, Milan 1977, pp.13—50），而这对我的论点来说更有意思，因为正是隆奇将性别差异的概念引入了女性哲学（参见 Libreria delle donne di Milano, *Non credere di avere dei diritti*, Rosenberg Sellier, Turin 1987, pp.29—30）。我认为在哲学中出现"自我之死"这一哲学外主题，是对主体衰落的回应。我必须说这是"耀眼的夕阳"，我想到了"主体"在女性的政治语言中具有（曾经具有）的重要性。首先，我怀疑它正在式微，我产生这样的怀疑是因为我在左翼的报纸上看到，女性会是政治的"新主体"，这与更深层次的感受相冲突，即妇女参与政治并不是为了解放自己：我们觉得自己特别古老。

第124页：我关于传播伦理的论述，处于一种不确定之中。在重读那些文字时，我感受到了反叛主义的回声，它是对服从法律的补充，而我在研究媒介原则之前，就已经知道了这一点（参见本书第四章）：这并不是说这体现了什么传播伦理，但它确实教导我们，至少要认识到符号秩序的替代品，当然它被剥夺了任何创造存在意义的属性。反叛的另一个表现是，我一直难以统一参考书目的格式。我知道西蒙娜·薇依在定期打扫房间时遇到的困难，她自己也承认这一点。意大利喜剧演员托托会说，这些都是琐事，但也是不为人知的暴政的小间谍。法律的暴政（参见本书第四章第 13 条注释）。

第 125 页：这一章的写作特别周折，现在我知道原因了。我在展开对惯例（convenzionalismo）的批判时，脑子里有个想法——就是必要的媒介，必然要求建立规则。这个想法除了是错误的之外，还把我推向了惯例，尽管是我自己的。事实上，只有克服了服从规则体系的伪-必要，才能跨越这个问题。我在这方面的错误是令人吃惊的，因为我在分析象征秩序时，始终牢记母语：众所周知，学习或教授母语不需要规则。不过，这个错误可以用这个事实来解释：当时我和其他人一起进行尝试，试图在共同的规则上建立女性社会。这次尝试失败了，而对这次僵局的反思，正引导我们寻求没有共同规则的象征性秩序。这可能吗？我们需要寻找。这本小书的最后一章（未写的），本来应该谈论爱的，但我觉得自己无法掌控这个主题。我想谈论爱，因为我倾向于看到了，必要性（逻辑和事实）和爱这两种调节力量，通过双重关系在实际中进行运作。问题在哪里？在我看来这取决于没有构建权力的自由，这种自由不依赖于权利，或知道如何使用游戏规则：这就像把马车放在牛跟前；这取决于他们（我们）创造象征的能力。爱和需要是象征的创造力，对于那些没有构建权力的人来说，这种力量并不陌生。它们的运作就像是由与母亲的古老关系铭刻在他们每个人身上。

第六章 天壤之别

第145页：为了否认这一点，我在本章注释1的结尾处，提到了"在媒介的要求之外"的例子。现在我补充一点，这种必要性并非一种奴役。它对应的事实是：我们象征性地生活在一种接受的生活中，还是象征性地说，这是我们被赋予的存在。自由的良性循环再现了这种结构；伊芙琳·福克斯·凯勒称之为"困境的恶性循环"，以相反的方式再现了它。但丁的《地狱篇》《炼狱篇》和《天堂篇》的环形结构表达了这种必要媒介的概念，以及它可以发展的两个相反的方向。

附录
精神分析和女性主义：死去的母亲情结

写作是好事，阅读更胜一筹。阅读就像拆开旧毛衣，重织新毛衣，通常会比之前更好。因为读者不用担心写作的问题，头脑会对语言进行过滤，同时思路会拓宽，慷慨接纳读到的东西。只有通过阅读，写出的作品才能得以完成。对于自己写的书却不能这样做，阅读自己的书并不能带来这些好处。但我可以做别的工作，就是"重新加工"，可以彻底重新加工，或者批评这些书，就像圣奥古斯丁在《回顾篇》(*Retractationes*)中所做的。要么就是重温、重新穿越这些文字，就像在很多年后经过一处熟悉的风景。我打算像他那么做。

《母亲的象征秩序》出版于1991年，很快就再版又售空了。意大利语第一版第10页有个昭然的错误，把《俄瑞斯忒亚》的作者埃斯库罗斯写成了欧里庇德斯。《母亲的象征秩序》在1993年被译成德语，在1994年被译成西班牙语，在2003年被译成了法语。在出版之后，《宣言报》上很快刊登了罗莎娜·罗珊达和伊达·多米尼亚尼的深入评论。

这本书的标题灵感源于我从《颠覆》杂志上看到的一篇文章《母亲，权利的源头》，作者是利亚·西加里尼和玛利亚·格拉齐亚·坎姆帕里（Maria Grazia Campari），这是她们在"迪奥蒂玛"哲学团体的研究中获取的差异女性主义思想，并且进一步进行了阐述。

普遍来说，母亲代表了一种关系，那是人类生活的条件。随着女性主义的发展，我们发现，在我们的文明中，人类的处境主要是指男性的处境，主要围绕着母子关系——儿子被母亲寄予厚望，代表着一个女人最大愿望的实现。但有个没有想到的问题，就是母女关系中的女人的处境，在某种程度上，这是每个女人都会经历的。这本书就是要尝试展开这个直觉，它基于两个定论，都会和父亲的结构必要性学说产生明显冲突。也就是说，我们从母亲那里获取了生命和语言，象征秩序并不是通过法律和权力产生的，而是通过语言。时隔多年，最近伊达·多米尼亚尼再次谈到这本书的主题，她犀利地写道："象征秩序，也就是母语——或者说把身体和语言放在一起的能力，只有我们和母亲最初的关系中学会的经验和言语，能够实现这一点。"这是一种革命性秩序，她接着写道，因为在父权秩序中，母女关系被抹去了，"我们在成年后学会实践这种关系，通过对母亲或其他扮演母亲角色的女人的感恩，取代对她们的敌意，打开一个女性体验的言说空间，讲授那些受到男性权力和规则约束的体验"（*il manifesto*, 28 ottobre 2005, p.14）。

弗兰杰西卡·索拉里（Francesca Solari）是位导演，她在编导的电影《再见，美丽的路卡诺》（*Addio Lugano bella*）中出镜时在阅读《母亲的象征秩序》，她很喜欢这本书。她写道：在这本书中，跟母亲的关系开始有一席之地，这是个象征空间，女人在里面可以找到她存在于世的资源，并追随自己的愿望。她还写道："这是一本真正意义上的哲学书（出于对智慧的热爱），这本书写出来并不是为了讲道理，改变世界，而是为了接近生活的微妙真相。这本书拉近了存在和行动、感觉和思考的距离，减轻了因为世界和自己产生的不适：这是一本很治愈的书。"（未出版的手稿）我想要强调最后的那些话，还有她说的其他的溢美之词，都表达了一种直觉，也是我的问题给人带来的感受。

在后面的文字中，索拉里提到了一个男性朋友的反驳："那父亲呢？"她是这么回答的："父亲，有人——女人有必要暂时忘记他，开始靠近母亲的神秘宝藏，可以在不受围绕着阴茎纠缠不清的权力和财产的影响下进行反思。"

但有人不会相信真的可能会"忘记"父亲,可以说,他们看到的只是母亲占有了父亲的位置,或者作为一个等同的形象。针对《母亲的象征秩序》,女性主义思想家提出的批评,反复出现的就是母亲取代了父亲的形象:"母亲出现在父亲的位置上,并不能保证一种本质的改变。"

经过那么多年,我今天怎么回答这个问题呢?我先开始完成我关于父亲的思考:虽然是所谓的父亲的必要性提出批评,但我一点儿也不反对他的可能性(possibilità),相反我是支持这些可能性的,出于各种原因,这本书并没有过多涉及这些可能。现在我会停留在这一点上,因为这和我感兴趣的一个主题相关,就是现实的偶然性。实际上,过去关于父亲的必要性有很多讨论,认定事情就是这样,父亲具有一种功能:他有一个位置……父亲和象征……实际上,发生了这样的事情,首先是欧洲的思想家,其次是美国的思想家,他们占有了象征的概念,这个概念先入为主,把任何和现实的偶然性相关的思想都排挤了出去,就是意识到事情会发生(所有事情都可能发生)。这通常是些男性思想家,他们不可能怀孕,一般生活在比如大学校园那样舒适而坚固的机构中,在那种地方很容易把结构主义变成终极理论,需要"9·11"这样的事件让他们重新打开思路。他们已经忘记了这个世界,以及我们使用的语言一直在形成、重构或者解体。尤其是父性并不是很坚固的材料,拉康(一个明事理的人)讲到我们这个时代是"父亲蒸发"的时代:就像晾在外面的床单里的水分。(我指的是 «Nota del 1968», pubblicata su *La Psicoanalisi*, Rivista Italiana della Scuola Europea di Psicoanalisi, n.33, gennaio-giugno 2003。)

那么,我要把这本书放在一个正在形成的没有父亲的社会的文献当中?事情并不是这样,这本书里面讲述的事位于父权制语言的开始,而不是结束——我后面会解释这句话的意思。但最终来说它处于我说的这个世界的不停形成和解体中,主体遭遇的波折。我们对此有概念,比如说,我们和写作之间充满不确定和怀疑的关系。我们写的东西里有我们的怀疑和困难——任何实践、职业,任何优秀的技艺,不管多伟大,都没有办法突破,只有愚蠢和疯狂。

在"迪奥蒂玛"哲学团体最近的研究中,关于消极的问题(最后的成果结集为 *La magica forza del negativo*, Liguori, Napoli 2005),我找到了一个文本,可以阐释 1991

年出版的这本书。我指的是安德烈·格林（André Green）《死寂的母亲》("La mère morte")，发表于1980年，后收入《生的自恋，死的自恋》(*Narcissisme de vie narcissisme de mort, Paris 1983, pp.222—253*)。作者用"死寂的母亲"("madre morta")这个称呼来指代"失去孩子"的母亲，她一直处于失去的痛苦之中，没有任何东西可以安慰她，即使是出生的新生命也无法安慰她。法国精神分析学家在有些病人身上发现了这一点，这种痛苦类似对于母亲形象难以逾越的依恋。关于对母亲的依恋，他写道，可能会有女童或者女性无法在父亲的身上投入情感。（同上，238页）

在《母亲的象征秩序》书中，很多女性读者觉察到类似的情况，母亲并没有取代父亲的位置。因为就像弗兰杰西卡·索拉里的那个朋友已经意识到的，这本书中并没有提到父亲的位置。弗兰杰西卡说"被遗忘的父亲"，但也有这种可能：父亲总是处于挥发状态。

反对的意见可能会质疑在这种情况下，一个人怎么写一本哲学书？安德烈·格林告诉我们，止好相反，那种类型的病人通常都是在艺术或知识层面富有创造力的人，他们在这些领域"重建遭到损害的**自我**"，他是这么说的。他们的尝试会失败，格林接着说，但是他们改变的"机制的剧场"的尝试没有失败。他找不到理由来否定他们的工作，也就是他们的作品的"真实性"。

"真实性"这个词让我很震动，因为它也出现在我的书中。而且这样的表述出现了好几次，**真实的存在意义**……大家可能会说，在哲学书籍中出现这样的表述没有什么奇怪的。但也许显得怪异，因为在当下的语言系统中，这是个被滥用的词语，应该用哲学怀疑的目光进行审视。因此在我为这本书的法语版撰写的前言中，我就这个表述进行了自我批评，提出这个"真实的"很冗余。我认为这是一个让人痛苦的缺陷的表现，存在经验的缺陷。我的话特别像格林在他病人身上发现的抱怨，几乎是同样的用词，就像存在被剥夺，失去意义，要不断寻找意义。

现在问题变成了，到底什么是"运作的剧场"。《母亲的象征秩序》的作者转到这个问题。答案很简单，我们在此处，这是女性的政治运动。这本书诞生于她（那个病人，遭罪的女人）找到了一个剧场，我们仍然在这个剧场中找到自己。我想提出这个剧场一个重要的特点。法国哲学家、女性主义者弗朗索瓦斯·科林在这本书的评论中强调说，在撰写"女儿与母亲和解的主题时，这是会带来丰富成果的思考。这是位于女性运动根基的赌注，就是她们赋予自己，赋予母亲意义的能力"。你们会注意到，这里也提到了意义的问题。

我这样过渡到我的《回顾篇》的核心思想：这本1991年出版的书有两个层面，就像擦去了旧字另写新字的羊皮纸手稿，那层被抹去的字讲的是对一个受了内伤的母亲的狂热依恋，上面的一层是女性的政治运动。

这两层文本之间有什么关系呢？它暗含了一个问题，精神分析和女性主义之间有什么关系呢？

实际上，这都是经过简化的问题。比如，我们可以说是两层文本吗？如果是这样，那么文本会变成十层、一百层，就像千层饼。也许最好不要这样，《母亲的象征秩序》是一本可以读读的书，但不是一本需要阐释的书，要求在读者的脑子里产生"共鸣"。她的（我的）赌注（enjeu）是，现在我比那时更意识到，重温被抹去的文本，潜意识、可怕的情景只能被展示。在展示它的过程中，没有带来一个纯粹无意义的结果；相反，能够让那些仅仅是可怕的东西，江湖演出的现象变得有意义。我尝试用别的语言展示出我的母亲的威力，我的目标是产生一种最大的意义效果，作为哲学思考结果呈现。我差不多成功地做成了类似的事，写出《游戏女王》(*La Signora del gioco*)这本历史学著作。这是一本关于猎巫的研究，致力于倾听她们——遭遇审判的女人说出自己的故事，展示她们的世界。

但还存在一种风险和担忧，就是演示超过了论证。这一点读者在《母亲的象征秩序》中能感受到。这本书排除了对这种溢满（无意义）的恐惧，凭借一种实现构建的哲学文化，有时会变成一张面具，让它变得有些机械。当然，这会让一些女读者陷入困难，但人数没有预料的那么多。很多女读者能够跨越这种障碍。在女读者中间，我想提到阿德里亚娜·斯布罗吉奥（Adriana Sbrogiò）的例子，她现在是我的朋友，她是这本书减缩版的编辑，缩减版只印了几百册。她把她认为过于难读的部分"过滤了"，通常是那些机械的部分，也是我说的那些。从那时候开始，我学会了一些东西，从一些女性诗人身上受益良多。我想，比如说艾美莉亚·洛赛利（Amelia Rosselli），她不会说别人逼迫她说的任何话，而是她特别想说的话。

存在一个神话，准确来说是地母神德墨忒尔（Demetra）伟大神话的一个碎片，它暗含的信息可以很神奇地提炼这本书的宗旨。在女儿泊尔塞福涅被冥王劫走之后，德墨忒尔是"死寂的母亲"的典型代表，她在大地上流浪，拒绝吃饭、休息，无法慰藉。俄耳甫斯的追随者讲了一个安慰女神的故事。在雅典和厄琉西斯之间的路上，德墨忒尔遇到了一座简陋的房子，她得到了招待。房子的女主人包玻（Baubo[①]）递给了女神一杯提神的饮料，但女神没有喝。这时包玻坐在了女神的前面，张开双腿，掀开裙子，给女神展示了自己不怎么诱人的身体。在这时候，德墨忒尔肚子里的孩子伊阿科斯（Iacco）笑了起来。女神也笑了，接受了那杯饮料。

虽然安德烈·格林没有引用这个神话，我感觉他的文字在无意识中回响着这个神话。他讲的是他所治疗的病人，他就像这样做的，就像婴儿，或者就像病人，对着一个"死寂的母亲"：激活她，让她散心，吸引她的注意力，让她看到生活的趣味，让她笑，微笑。这就是我们看到的包玻所做的、在俄耳甫斯的故事中给德墨忒尔带来安慰的故事。我们可以想象，《母亲的象征秩序》的作者所做的正是把从母亲身上带走的还给她：自由、愉悦、一个女儿，或者她自己的女人身份……

我想，在这个构建起来的女性社会，在象征界，有没有可能化解母亲的丧痛，还有我们作为女儿在创造层面的无助的双重痛苦？

弗兰杰西卡·索拉里在讲到"治愈的作品"时提到了

[①] Baubo 在词源上指女性生殖器的人格化，也指老妪。在一些希腊神话中，她是生殖器外露、脑袋长在肚子上的女性形象，也有提裙露出下体的女神形象。

这个问题。格林的病人，在那个时候作为婴儿，没有像包玻一样获得成功，也就是俄耳甫斯为德墨忒尔举行的仪式。但那个仪式有效吗？或者说，那是一个反复重复的礼仪，因为人们知道，除了重复别无他法？格林进行的精神分析治疗会有效果吗？这本书的书写和阅读中、它所呼吁的政治实践是否有疗效？当然，这还涉及对"疗效"一词的理解，其中的含义不容忽视。

歇斯底里的情况会对我有用，这是我书中的内容，也是女性主义研究的主题之一。在19世纪，歇斯底里就像大棚子里的演出，虽然现在这个节目从修道院、教会里迁移到了医院内部，由一些穿着白大褂的公众观赏。正如我们所知，按照弗洛伊德最早的病人的讲述，他对歇斯底里进行分析，揭示出它的真相，通过精神分析的实践和科学提出（事情的）的原因。但歇斯底里依然处于被囚禁状态，精神分析把它放在了一种阐释里，也即对父亲假定的欲望。在媒介的独裁中，这首先利用了歇斯底里的痛苦，然后无视它，无视歇斯底里症患者对媒介的不接纳，无视这些病人有说出其他东西、让媒介说出其他东西的能力。

对歇斯底里的真相的揭示是伴随着女性主义，或者更准确的说法是伴随着差异女性主义的诞生而产生的。因为这时候女性与女性的关系得到了承认。这并不是通常用平等和相互性来调整的关系，这是不平等的关系，是爱（amore）与信任（affidamento）的关系，经常会发生冲突，有时会被"母亲的阴影"笼罩（"母亲的阴影"是2005年秋季，迪奥蒂玛哲学团体最近一次大型研讨会的标题）。正是这些不规则的模式让母女古老的关系变得有意义。简而言之，女性主义之于歇斯底里症，就像为后者提供了一个舞台，赋予这些症状意义，让它们激发出意义，而且这些意义并不是来自逃避这种关系的那些人，而是在舞台上活生生自我呈现的关系本身。意义在于女儿有亲近母亲身体的特权，是没有任何禁忌的亲近，按照本书1991年版的思想，就是那些"学会爱自己的母亲"的人享有的特权。

我谈到的是一种可能性。对于我来说，工作时，我几乎都是在重新勾画"风景"，使其能被别人领会。我用头脑进行工作，就是为了打开新思路——女性自由的新通道。

我觉得，我说到毫无禁忌靠近母亲的身体是一种特权，女性政治会支持它，随之而来的结果就是，某些母亲的力量可以得到利用。但很明显，那些优选男性的政治不会允许这一点。（说到"政治"时，我说的是泛指的政治：结不结婚，出家当修女，宣布或者决定不宣布自己是同性恋，都是一种政治……政治无处不在，就是要做什么的思想,以及在做什么事情时考虑其他人,和其他人的关系,这也是政治。)我觉得那些男人可能更喜欢,或者更需要实现那些分离,尤其是和母亲相关的东西分离(有极多事情和母亲相关)。这是众所周知的,但也需要提出来,首先分离就是一种定义,会改变整个意义领域。其次因为女性没有与男性相同的象征需求,她们越来越不满足于处在男人分配给她们的位置上,这一切都给当权者造成了很大的麻烦。

我将举两位思想家为例:朱迪斯·巴特勒和斯拉沃伊·齐泽克经常被放在一起引用。在那本厚厚的、有些生涩繁琐的《痒痒的主题,政治本体论中心缺席》(*The Ticklish Subject. The Absent Centre of Political Ontology.* 2000)中,两个思想家针锋相对。有些地方,我发现自己与齐泽克的观点一致。他写道:"将性别差异作为中心谜题,似乎更有成效。因为它不是已经确立的差异(异性恋规范性),而恰恰是不断躲避规范性象征的差异。"(*Il soggetto scabroso*, Milan 2003, p.339)但我并不同意他接下来的论述,包括如何开始自由的讲述,我认为这是典型的"男性"道路,因为它完全建立在与母性反复分离的基础上。实际上他提到了一种与对母亲最初的畏惧"不同的逻辑",表现为对母亲充满激情的依恋,从一方面来说,这是对社会象征秩序的服从；另一方面，他对朱迪斯·巴特勒进行了批评，认为她混淆了这两种形式的主体性构建，一种是发生在无意识剧场的主体性，另一种是发生在社会象征剧场的主体性（同前，pp.334—335）。他的立场很明确，了解这一立场的人可能会认为这显而易见，但自从我们开始认真研究女性历史，这一点就不那么明显了。想想猎巫，想想那些坐在断头台旁边织毛衣（旁观死刑执行）的妇女（tricoteuses），想想"歇斯底里"……这些都说明了女性在最私密和最公开的事情之间的"混乱"（她们造成的混乱，她们就是混乱）。我怀疑，女性是否能像格林和齐泽克所想的那样，通过与母亲的分离进入第三种象征秩序——对弗洛伊德而言，这种秩序是父权制的。我并不确定对他们而言这两点是否是一回事。他们说，男性实行的分离对于他们的象征秩序是必要的，但对于女性来说，这种分离会转化为一种驱逐，剥夺她的象征能力。众所周知，在这条道路上，一些女性变得很优秀，按一些人的说法，她们甚至比男人更优秀，以至于她们让我们害怕。但在这种被驱逐的条件下，我们看到的大多数女人，我们都有问题，她们缺乏权威和独立性。让我们明确一点，如果女人不能追求那种独立，哪怕她要面临个人能力匮乏或社会歧视等障碍，我们现在必须认为，这正是她的特权，即与母亲生为同性的特权。

有很多次，包括最近，我听到有人说《母亲的象征秩序》是所谓"差异女权主义"的参考文献。每次我都会抗议，说事情并不是这样，因为事情的确不是这样，然而我现在倾向于认为这种看法有些道理。要采用差异女权主义这个标签，即不是以法律，而是以关系为手段，不是以两性平等的名义，而是以性差异的自由意识，来促进女性自由的女权主义。近年来，这本书基本上做到了这一点，维护了女性亲近母体的特权。我觉得这一切并不完全归功于差异思想，我认为，这是因为作者意识到并表达了妇女政治实践中的一些东西，很像农妇包玻对绝望的大地女神的款待。

米兰，2006年2月15日

中文-意大利文人名对照表

A

阿德里亚娜·安布罗吉奥　Adriana Sbrogiò
阿德里亚娜·卡瓦雷罗　Adriana Cavarero
阿尔伯特·爱因斯坦　A. Einstein
阿尔弗雷德·索恩-雷瑟　A. Sohn-Rethel
阿图尔·叔本华　A. Schopenhauer
埃德蒙·胡塞尔　E. Husserl
埃尔维奥·法奇内利　E. Fachinelli
埃克哈特　Eckhart
埃曼努埃莱·塞维里诺　E. Severino
埃斯库罗斯　Eschilo
艾德里安·里奇　Rich Adrienne
艾玛·贝里　Baeri Emma
艾美莉亚·洛赛利　Rosselli Amelia
安德烈·格林　Green A.
安东尼奥·葛兰西　Gramsci A.
安娜·欧（伯莎·波彭海姆）　Anna O. (Bertha Pappenheim)
安特卫普的哈德维奇　Hadewijch d'Anversa
安托瓦内特·福克　Antoinette Fouque
奥古斯丁　Agostino

B

巴门尼德　Parmenide
芭比安娜学校　Scuola di Barbiana
柏拉图　Platone
保拉·梅尔乔丽　Paola Melchiori
保罗·阿瑟·席尔普　P.A. Schilpp
保罗·朱利叶斯·莫比乌斯　P.J. Moebius
比比·托马斯　Bibi Tomasi
毕达哥拉斯　Pitagora
波尔布特　Pol Pot
伯特兰·罗素　B. Russell

C

查尔斯·桑德斯·皮尔士　C.S. Peirce

D

但丁·阿利吉耶里　Dante Alighieri

E

恩斯特·马赫　E. Mach

F

菲利普·阿里斯　Ph. Ariès
腓特烈二世皇帝　imperatore Federico II
费德里科·博罗梅奥　F. Borromeo
费尔迪南·德·索绪尔　F. de Saussure
费尔南·布罗代尔　F. Braudel
佛罗伦萨妇女文献中心　Centro documentazione donna di Firenze
佛罗伦萨女教师协会　Associazione donne insegnanti di Firenze
弗兰杰西卡·索拉里　Francesca Solari
弗朗索瓦斯·科林　Françoise Collin
弗朗西斯卡·格拉齐亚尼　Francesca Graziani
弗里乔夫·卡普拉　F. Capra

G

格奥尔格·威廉·弗里德里希·黑格尔　G.W.F. Hegel
格雷戈里·贝特森　G. Bateson
古列尔莫　Boema Guglielma
古斯塔沃·邦达蒂尼　G. Bontadini

H

汉斯·凯尔森　H. Kelsen
赫尔穆特·霍格　H. Höge
亨利·柏格森　H. Bergson

J

吉安尼·瓦蒂莫　G. Vattimo
嘉布列拉·拉泽利尼　Gabriella Lazzerini
简·奥斯汀　Jane Austen

K

卡尔·马克思　K. Marx
卡捷琳娜·瓦尼尼　Caterina Vannini
卡拉·隆齐　Carla Lonzi
卡罗琳·戈尔德·海尔布伦　Carolyn G. Heilbrun
康拉德·洛伦兹　K. Lorenz
康普顿·伯内特　Ivy Compton-Burnett
克拉丽丝·李斯佩克朵　Clarice Lispector
克劳迪奥·拿破仑　C. Napoleoni
克劳迪亚·莱奥纳多　C. Leonardi
克洛德·列维-斯特劳斯　C. Lévi-Strauss
克努德·托戈拜　K. Togeby

L

勒内·笛卡尔　Descartes, Cartesio
雷娜塔·德·贝内德蒂·加蒂尼　Renata De Benedetti Gaddini
利雪的德兰　Teresa di Lisieux, Teresa del Bambin Gesú
利亚·西加里尼　Lia Cigarini
利亚·福尔米加里　Lia Formigari
卢西亚娜·佩尔科维奇　Luciana Percovich
路德维希·维特根斯坦　L. Wittgenstein
露西·伊利格瑞　Luce Irigaray
路易吉·海尔曼　L. Heilmann
露西·弗里曼　Lucy Freeman
罗伯特·弗里埃斯　R. Fliess
罗伯特·曼德罗　R. Mandrou
罗马纳·瓜尼埃里　Romana Guarnieri
罗曼·雅各布森　R. Jakobson
罗莎娜·罗珊达　Rossana Rossanda

M

马丁·海德格尔　M. Heidegger
马尔科姆·斯凯　M. Sky
玛格丽特·波莱特　Porte Margherita
玛丽安娜·赫希　Marianne Hirsh
玛丽亚特蕾莎·福玛加利·贝欧尼奥·布洛奇耶利　Mariateresa Fumagalli Beonio Brocchieri
玛利亚·格拉齐亚·坎姆帕里　Grazia Campari Maria
梅芙蕾达·达皮洛瓦诺　Maifreda da Pirovano
梅兰妮·克莱因　Melanie Klein
梅尼乌斯·阿格里帕　Menenio Agrippa
米凯莱·利克雷蒂　M. Nicoletti
米兰女性书店　Libreria delle donne di Milano
米歇尔·福柯　M. Foucault

N

尼古拉·布哈林　N. Bucharin

P

帕特里夏·斯帕克斯　Patricia Spacks
皮耶拉·博索蒂　Piera Bosotti
皮耶琳娜·迪·赞贝罗·德布加迪斯　Pierina di Zambello de Bugatis

Q

乔瓦尼·波齐　G. Pozzi
琼·瓦拉赫·斯科特　Joan W. Scott

R

儒勒·米什莱　J. Michelet

S

使徒保罗　apostolo Paolo
斯拉沃伊·齐泽克　S. Žižek
索福克勒斯　Sofocle

T

唐纳德·伍兹·温尼科特　D.W. Winnicott
特蕾莎·马丁　Teresa Martin
特瑞莎·德·劳瑞蒂斯　Teresa de Lauretis
图利奥·德毛罗　T. De Mauro
托托　Totò

W

威廉·奥法·圣蒂耶里　Guglielmo di Saint-Thierry
威廉·冯·洪堡　W. von Humboldt
威廉·沃伦·巴特利三世　Bartley III W. W.
薇塔·克森蒂诺　Vita Cosentino
翁贝托·埃科　U. Eco

X

西比拉·蒂赞尼·提拉利雅　Sibilla di Zani di Laria
西格蒙德·弗洛伊德　S. Freud
西蒙娜·薇依　Simone Weil

Y

雅克·德里达　J. Derrida
雅克·拉康　J. Lacan
亚里士多德　Aristotele
亚历山达罗·曼佐尼　A. Manzoni
亚维拉的德兰　Teresa d'Avila
伊达·多米尼亚尼　Ida Dominijanni
伊迪丝·斯坦因　Edith Stein
伊尔扎·维斯　Ilza Veith
伊芙琳·福克斯·凯勒　Evelyn Fox Keller
伊丽莎白·拉西　Elisabetta Rasy
伊丽莎白·沃尔加斯特　Elisabeth Wolgast
伊曼努尔·康德　I. Kant
约翰·洛克　J. Locke
约瑟夫·布罗伊尔　J. Breuer

Z

詹巴蒂斯塔·维柯　G. Vico
朱迪斯·巴特勒　Judith Butler
朱莉娅·克里斯蒂娃　Julia Kristeva